Isla Walker
아일라 워커

Isla Walker
아일라 워커

펴 낸 날   2021년 7월 30일

지 은 이   정서연
펴 낸 이   이기성
편집팀장   이윤숙
기획편집   이지희, 윤가영, 서해주
표지디자인 이지희
책임마케팅 강보현, 김성욱
펴 낸 곳   도서출판 생각나눔
출판등록   제 2018-000288호
주   소   서울 잔다리로7안길 22, 태성빌딩 3층
전   화   02-325-5100
팩   스   02-325-5101
홈페이지   www.생각나눔.kr
이 메 일   bookmain@think-book.com

• 책값은 표지 뒷면에 표기되어 있습니다.
  ISBN 979-11-7048-265-9 (03810)

중학생이 쓴

Isla Walker
아일라 워커

정서연 지음

인간 여자와
뱀파이어 남자의
몽환적 러브스토리

생각나눔

목차

Isla Walker
아일라 워커

1. 첫 만남

1. 첫 만남

눈을 떠보니 마치 옛날에 있었던 궁전 같은 으리으리한 집 안의 의자에 앉아 있었다.

나는 분명 길을 걸어가던 중이었고, 그 다음에….

기억이 나지 않는 동시에 머리에 통증이 느껴졌다.

도와달라고 말하고 싶었지만 나오지 않았다.

입에 테이프가 붙어있는 것 같았고 몸은 묶여 있었다.

분명 집안이었지만 창문이 검은 커튼으로 가려져 있었고 엄청나게 추웠다.

주위를 둘러보니 정장 차림의 한 남자가 있었다.

묻고 싶은 게 너무 많았지만 입은 막혀있었다.

"이렇게 불쑥 데려와서 죄송해요."

그때 그 남자가 말했다.

나는 상황 파악이 안 돼 그냥 눈동자를 이리저리 굴리고 있을 뿐이었다.

"너무 당황하진 마세요. 그냥 당신의 피가 필요한 거니까요."

갑자기 내 피가 필요하다는 말에 한 번 더 당황했다.

그때 남자가 자리에서 일어나 내 쪽으로 다가왔다.

나에게 뭔 짓이라도 할까 봐 눈을 질끈 감았다.

하지만 남자는 아무것도 하지 않고 그냥 내 입에 붙어있던 테이프를 떼줬다.

"피가 왜 필요한 거죠? 왜 날 여기로 끌고 온 거고 당신은 누구예요?"

"나중에 차차 알게 될 거예요. 걱정 마요."

"나중에 말고 지금 알려줘요…!"

남자는 허리를 숙여 나를 묶고 있던 밧줄을 풀어줬다.

밧줄이 다 풀리자마자 옆에 보이던 문으로 달려갔지만, 바보 같은 생각이었다.

"납치했는데 당연히 잠겨있겠지, 멍청아…!"

조용히 중얼거리며 열리지 않는 문고리를 잡고 흔들었다.

"도망치려는 생각은 안 하는 게 더 좋을 거예요."

그때 뒤에서 남자의 목소리가 들렸고, 천천히 뒤로 돌았다.

남자는 내게 천천히 다가왔다.

"계속 도망치려다간 당신이 죽을 수도 있거든요."

"내보내줘요!"

"죄송합니다."

"나한테 왜 이러는 건데요…. 왜 나한테…, 왜 나한테만 이런 일이 벌어지는 거냐고요…."

다리에 힘이 풀려 바닥에 주저앉았다.

"일단 추우니 몸 좀 녹여요. 그 후에 말해줘도 되잖아요."

남자가 내게 손을 뻗었지만, 나는 그냥 쳐다보기만 했다.

"무서워하지 마세요."

"당신을 어떻게 믿고요…. 당신은 누군데요."

"이 집주인 친구예요. 어서요. 춥잖아요."

하지만 나는 계속 그의 손을 잡지 않았다.

"여기선 말을 잘 듣는 게 목숨을 부지하는 데에도 좋을 겁니다."

그 말에 잠깐 흠칫했지만, 떨리는 손을 뻗어 그의 손을 잡았다.

남자는 내 손을 잡고 2층으로 올라갔다.

그리고 남자는 한 방으로 들어가 나를 벽난로 앞에 앉혔고, 난 조용히 바닥만을 쳐다보고 있었다.

남자는 나에게 담요를 무릎에 놓아주고 컵을 건넸다.

코코아인 것으로 예상했다.

하지만 난 그 컵을 받아들지 않았다.

"마셔요."

나는 아무 말 없이 바닥만을 쳐다보고 있었다.

컵을 받아들고 가만히 있었다.

"편하게 있어요. 이름이 뭐예요?"

"아일라…, 아일라 워커."

도대체 어떻게 하면 이 상황에서 편할 수 있는 건지 모르겠다.

"아일라, 곧 누가 올 건데 너무 겁먹지 말고 태연하게 행동해요."

단호한 그의 말투에 살짝 긴장했다.

남자는 나갔고, 나는 계속 바닥을 쳐다봤다.

나가려 해봤자 다 잠겨있을 것 같았고, 계속 도망치려 하면 진짜 죽을 것 같았다.

곧 문이 열리는 소리가 들렸고 어깨가 저절로 움츠러들었다.

뒤로 돌아보기엔 너무 무서웠다.

"안녕."

뒤에서 목소리가 들려왔다.

아까 그 정장 차림의 남자의 목소리보단 조금 더 낮은 목소리였다.

"무작정 데려와서 미안해."

"데려온 게 아니라 납치한 거잖아요…."

"뭐, 그게 그거지."

"왜 데려온 건데요…?"

"말할 때는 눈 마주치면서 말하는 게 어때?"

고개를 저었다.

솔직히 그의 얼굴을 볼 자신이 없었다.

그런데 발소리가 들렸고, 어깨가 조금 더 움츠러들었다.

목소리의 주인은 내 앞에 쭈그려 앉아 나를 쳐다봤다.

하지만 난 바닥을 쳐다보며 그를 쳐다보려 하지 않았다.

남자는 더 고개를 숙였고, 어쩔 수 없이 그를 보게 되었다.

그는 그냥 평범한 남자였고 특별한 점이 있다면 봤던 사람 중에 가장 잘생겼다는….

갈색 머리에 그와 똑같은 갈색 눈동자는 뚫어져라 쳐다보게 만드는 데 충분했다.

그때 그 남자가 일어났고, 그제야 시선을 뗄 수 있었다.

남자는 내게 손을 뻗었고, 나는 잡지 않았다.

그러자 남자가 허리를 숙여 내 손을 잡고 일으켰다.

남자는 내 손을 빤히 쳐다봤다.

그 시선이 부담스러워 손을 조심스럽게 뺐다.

그런데 남자가 다시 내 손을 잡았다.

"익숙해져."

그리고 내 손을 자신의 입 쪽으로 당겼다.

나는 그저 손등에 입이라도 맞추나 싶어 살짝 얼굴을 찌푸렸지만, 남자는 내 손목을 물었다.

아픔이 느껴졌고 얼굴이 더 찌푸려졌다.

놀랐지만 손을 뺄 수 없었던 이유는 너무 심하게 놀라서이다.

그는 부드럽지만 세게 내 손을 잡고 있었고, 나는 경직된 상태로 계속 가만히 있었다.

곧이어 그가 내 손을 입에서 뗐고, 그를 쳐다보니 그의 입에서 피가 조금 흐르고 있었다.

놀라서 다리에 힘이 풀렸고 주저앉았다.

"이게 무슨…."

그를 올려다보며 겨우 꺼낸 한마디였다.

"아직 이반이 안 말해줬어?"

"이반이 누군데요?"

떨리는 목소리로 겨우 울음을 참으며 말했다.

"아까 만난 남자, 이반 앤더슨."

남자가 내 앞의 의자에 앉았다.

"왜, 왜 손을…."

"물었냐고?"

남자가 씨익 웃었다.

"이반이 설명을 안 해줬으니 내가 해줘야겠네? 살짝 귀찮게 됐어."

남자가 다리를 꼬고 팔을 괴며 말했다.

"대충 말하자면 난 뱀파이어고 넌 나한테 피를 주려고 온 거야."

"뱀파이어? 피를 준다고요? 당신한테요?"

"그래, 그러니까 좀 익숙해져. 이 집에도, 아까 그 아픔에도."

당황스러웠다.

왜 하필 나인지, 그 많은 세상 사람들을 두고 왜 나한테 이러는지.

남자는 나를 일으켜 밖으로 데리고 갔다.

그리고 많고 많은 방 중 하나의 문을 열었다.

"여기서 지내, 도망가려고 하진 말고. 굳이 죽이긴 싫거든."

조용히 고개를 끄덕이자 남자가 문을 닫았다.

"하아…."

한숨을 한 번 크게 내쉬고 창문 쪽으로 다가갔다.

당연하게도 창문은 열리지 않았고, 나는 포기하고 창가에 앉았다.

저 밖으로 나가고 싶었다.

하지만 도망치다 걸리면 죽을 수도 있었다.

아니, 죽는다.

피를 뺏겨 죽거나 도망치다 걸려 죽거나 둘 중 하나를 골라야 하는 처지
인 것 같은데.

저녁에 이반이라는 남자가 들어왔다.

침대 위에서 몸을 한껏 움츠린 채로 있다가 문이 열리는 소리를 듣고 더 움츠렸다.

그는 내가 있는 침대 위에 앉아 내게로 손을 뻗었다.

이반도 뱀파이어일 수 있다는 생각에 내게 뭔 짓을 할까 싶어 눈을 질끈 감았다.

하지만 딱히 나를 건들지는 않았다.

그는 멈칫하다가 주춤거리며 내 어깨를 토닥여줬다.

살짝 시선을 돌리자 그는 내 눈을 피했다.

날 위로하려는 것 같은데 처음인 것 같았다.

이반은 그렇게 나쁜 사람이 아닌 것 같아 긴장을 살짝 풀었다.

"왜 왔어요? 당신도 뱀파이어인가요? 제 피를… 마시려고요?"

"뱀파이어는 맞지만, 당신의 피를 마시면 내가 먼저 죽을걸요."

"…네?"

"생각해봐요, 남의 음식을 뺏어 먹으면 기분이 좋겠어요?"

그는 웃으며 말했지만, 음식이라는 말에 더 무서워졌다.

"아, 그게 아니라, 비유한 거죠."

이반이 어색하게 웃으며 말했다.

"저 죽나요."

"그건…"

"나 아직 죽기 싫은데 벌써 죽어야 해요?"

"미안해요."

"당신이 살려주면 안 돼요? 나쁜 사람…, 나쁜 뱀파이어는 아닌 것 같은데."

"…미안해요."

"그 남자 밑에서 일하는 거면 힘들 것 같은데 괜찮아요?"

"블레이크가 기분이 좋으면 죽지는 않을 거예요."

이반은 내 질문에 대답하지 않았다.

뭔가 이유가 있을 것 같아 나도 딱히 더 묻지 않기로 했다.

"블레이크…."

"블레이크 로페즈."

"그 남자 기분이 좋아야 살고, 아니면 죽는다는 말이네요."

"비슷…한 거죠?"

나는 아무 말 없이 바닥을 쳐다보고 있었다.

"걱정 마요. 안 죽을 거예요."

그러다 무릎을 감싸고 있던 손을 들어 손등에 남은 상처를 봤다.

"아팠는데."

"익숙해질 거예요."

이반이 내 손을 잡고 손가락으로 쓸었다.

그리고 본인의 입 쪽으로 당겼다.

피를 마시는 줄 알고 눈을 질끈 감았지만, 아프지 않았다.

눈을 뜨니 이반은 내 손을 물지 않고 입을 맞추고 있었다.

이반이 입을 떼자 상처가 사라져 있었다.

손등을 쳐다보다 이반을 쳐다보니 그는 그냥 웃고 있었다.

"어떻게 한… 거예요?"

"뱀파이어도 있는데 이런 것도 없을까요."

"고맙다고 해야겠죠?"

"앞으로 상처 치료는 내가 해줄게요. 그러니까 걱정 말고 좀 자요."

이반이 나를 눕히고 이불을 덮어줬다.

"저 정말 안 죽겠죠?"

"당연하죠."

눈을 감자 이반이 밖으로 나갔다.

적응이 빠르니 무섭지 않다면 여기서도 잘 지낼 수 있을지 모른다.

그 남자가 잘해준다면 더 쉽겠지.

계속 그대로 누워있으니 언젠가 잠에 빠져들었다.

새벽인 것 같은 시간에 잠에서 깼다.

물을 마시려 했는데, 실수로 컵을 깨뜨렸다.

조각들을 치우려 손을 뻗다 실수로 살짝 스쳐 피가 아주 조금 흘렀다.

유리 조각을 다 치우고 침대에 눕는데 문이 열리는 소리가 났다.

무서워서 자는 척을 했다.

그런데 목소리가 들렸다.

"일어났으면 눈 떠. 자는 척하지 말고."

눈을 살짝 뜨자 블레이크가 보였다.

가지런하던 머리카락이 산발이 되고 눈동자는 빨갛게 변해있었다.

"꼴이 왜 이러…"

말을 다 끝내기도 전에 그가 내 팔을 끌어당겨 물었다.

"으윽…"

그가 내 팔을 놔줬을 때 그의 눈동자 색이 원래대로 돌아와 있었다.

"눈동자 색이 왜 바뀌었어요?"

"겁도 없나 봐? 나한테 말을 다 걸고."

조용히 고개를 돌렸다.

"피 다 마셨으면 가요…."

그가 나를 쳐다보는 게 느껴졌다.

"…가주세요."

그러자 그가 일어서더니 나갔다.

"피 마시고 바로 나가는 걸 보니 난 진짜 그저 음식일 뿐이구나."

팔에서 흐른 피를 대충 닦고 창가에 앉았다.

너무 답답하고 나가고 싶었다.

그리고 무서웠다.

이반이 안심시켜주고 죽지 않을 거라는 희망이 조금은 생겼지만 무서운 건 여전했다.

뱀파이어에게 납치당했는데 그 누가 무서워하지 않을까.

죽지 않을 거라는 희망이 있더라도 죽을 위험에 있다는 건 여전하다.

창문을 깨고 탈출할까?

그런데 그건 소리가 너무 클 것 같은데.

문을 따고 싶어도 잠겨있잖아, 그것도 마법으로.

그냥 완전히 갇혔구나.

뱀파이어가 기분이 안 좋은 것 같은 날 눈에 띄지 말자.

그냥 그렇게 사는 게 나을 수도 있다.

도망치다 걸려서 일찍 죽는 것보다는 낫다.

한숨을 쉬고 침대에 누웠다.

"나가서 집 구경이라도 하게 해달라고 할까? 아냐, 이 으스스한 집을 왜 구경하냐고 할지도 몰라."

방법이 없었다.

죽을 때까지 여기 잡혀있을 수밖에 없다는 거야?

그 전에 뱀파이어가 죽으면 도망칠 수 있는 건가?

아냐, 뱀파이어가 있을 줄은 몰랐지만 있으니 죽지도 않을 거야.

햇빛에 약하다고 했는데….

그럼 아침에 그를 밖에다 내놓으면….

"사람이든 아니든 내가 어떻게 죽여…!"

그를 죽이는 건 힘들 것 같다.

어느새 해가 뜨고 아침이 되었다.

집 밖에는 검은 커튼으로 어둡겠지만 적어도 내가 지내는, 아니, 갇혀있는 이곳만큼은 밝아도 돼.

그래서 커튼을 걷었다.

들어와서 햇빛 때문에 다치면 다치라지 뭐.

나야 좋은 거 아닌가?

아, 몰라.

지금은 그런 것보다 해를 봐야겠어.

커튼을 걷고 밖을 쳐다봤다.

잠자는 데 방해가 되더라도 앞으로 커튼은 걷고 잘 거야.

블레이크인지 뭔지 죽으라면 죽으라지.

그 불같은 성격으로 살려줄 것 같진 않고 차라리 내가 죽여버리지 뭐.

내가 이런 생각까지 할 정도로 잔인한 사람인 줄 몰랐네.

그때 문이 열리는 소리가 들렸다.

커튼을 다시 칠까?

아냐, 죽이는 건 너무 잔인하니 어느 정도 다치면 다시 치는 게 낫겠지…?

그런데 들어온 것은 이반이었다.

그는 밝은 햇빛을 보자마자 눈을 가리고 주저앉았다.

햇빛에 이렇게까지 괴로워하나?

그 짧은 시간에 얼마나 많은 생각을 했는지 모른다.

잠깐 벙쪄있을 때 이반의 비명이 들렸고 정신을 차렸다.

그리고 서둘러 커튼을 쳤다.

뒤를 돌아보니 이반이 쓰러져 있었다.

그쪽으로 후다닥 달려가 그의 상태를 살폈다.

"저기요, 괜찮…아요?"

그는 의식이 없었고 나는 그를 부축해 침대 위에 눕혔다.

"인간도 아닌데 내가 뭘 하다가 더 잘못되면 어떡해…?"

하지만 그런 걸 생각할 틈도 없어 보였다.

너무 아파 보였다고 해야 할까?

엄청 심한 독감에 걸려 앓아누운 사람인 것 같은.

티셔츠를 찢어 그 위에 옆에 있는 물병의 물을 부었다.

찢은 티셔츠를 물에 적시고 그의 얼굴에 흐르고 있는 땀을 닦아주었다.

살짝씩 톡톡 건드리며 땀을 닦았다.

"인간이면 뭐라도 해보겠는데, 뱀파이어면 뭐 어떻게 해야 하는 건데…"

그의 이마에 손을 갖다 대봤다.

열은 없었지만, 의식도 없었다.

혹시나 햇빛이 새어 들어오진 않는지 확인하고 그의 옆을 계속 지키고 있었다.

그의 머리카락을 만지작거리기도 하고 이마에 손을 갖다 대보기도 했다.

그러다 밖에서 발소리가 들렸고, 살짝 긴장했다.

하필이면 그 발소리는 이쪽으로 향했다.

역시는 역시였고, 블레이크가 이 방으로 들어와 침대에 누워있는 이반을 보고 달려왔다.

그리고 나를 밀쳤다.

앉아 있어서 밀리기만 했을 뿐 넘어지진 않았지만 살짝 짜증 났다.

그래 봐야 말도 꺼낼 수 없어서 가만히 지켜만 보고 있었다.

그는 이반의 어깨를 잡고 흔들다가 그가 숨을 쉬는 걸 보고 날 쳐다봤다.

자연스럽게 긴장되었고, 그의 눈만을 빤히 쳐다보고 있었다.

"너 무슨 짓을 한 거야."

"예…?"

"커튼 걷었어?"

이걸 '네.'라고 해야 해, '아뇨.'라고 해야 해?

그의 눈빛이 너무 살벌해 뭐라고 대답하든 살아남을 것 같진 않았다.

블레이크는 점점 나에게 다가왔고 나는 점점 뒷걸음질 쳤다.

그의 눈 색깔이 빨갛게 변했다.

뒷걸음질 치다 등이 벽에 닿았고, 그는 계속해서 다가왔다.

내 시야엔 그의 빨간 눈밖에 없었다.

그의 눈을 피하려 했지만, 너무 가까워 시선을 뗄 수는 없었다.

"무슨 짓 했냐고."

"커튼 걷고 있었는데 그냥 들어온 거예요…!"

"더 심했으면 죽었어."

그가 내 목을 물려는 듯 고개를 돌렸다.

눈을 질끈 감았는데 아무 느낌도 들지 않았다.

눈을 떠보니 그는 나에게서 떨어져 있었고, 그의 옷자락을 뒤에서 이반이 잡고 있었다.

"으아…"

긴장이 풀리면서 다리에 힘도 같이 풀려버렸고, 그대로 주저앉았다.

블레이크는 아까 그 살벌한 눈빛으로 나를 내려다보다가 그냥 나갔다.

"나 왜 살아있는 거지…"

조용히 중얼거리다 정신을 차리고 앉아 있는 이반을 봤다.

"아, 그렇지. 괜찮아요?"

"저는 멀쩡한데요, 당신은요?"

"난 당연히 멀쩡한데 아까 엄청… 아파 보여서요."

"괜찮아요. 근데 왜 그랬어요?"

"네?"

"문 열려 있으면 무시하고 도망갔어도 됐잖아요. 왜 구해줬냐고요."

"아, 맞다. 나 갇혀있지."

"네?"

이반이 웃으며 말했다.

"몰라요, 그런 거 생각할 틈 없었어요. 사람…은 아니지만 누가 쓰러졌는데 무시하는 건 못 해요."

"고마워요."

"방금 진짜 무서웠어요…."

"그가 당신을 좀… 마음에 들어 하진 않는 것 같은데 당분간 눈에 띄진 마요."

"안 그래도 그럴 생각이에요…."

"그건 언제 물렸어요?"

"뭐가요?"

"팔에 그 상처요."

이반의 시선을 따라가니 새벽에 물렸던 상처였다.

"새벽에 만신창이인 상태로 와서는 피 마시고 그냥 가던데요."

이반이 살짝 진지해진 얼굴로 뭐라고 중얼거렸다.

"네?"

"아니에요. 이리 와요."

이반이 다시 웃고 내게 손을 뻗었다.

그의 손을 잡고 침대에 앉았다.

그는 내 팔에 입을 맞췄고 상처가 사라졌다.

"이건 언제 봐도 신기해…."

"이제 슬슬 적응해야죠?"

"그렇죠…, 근데 매번 무서워요."

"저도 가끔 그래요. 근데 걱정하진 마요. 당신을 절대 안 죽일 거예요."

"그건 모르죠…."

"일단 나가요. 바람도 좀 쐬고…."

이반이 일어서서 손을 뻗었다.

"혹시 내가 죽는 걸 원해요?"

"그럴 리가요. 제가 나가자고 했다고 하면 되죠."

망설이다 그의 손을 잡았다.

그는 내 손을 잡고 끌어당겨 일으켰다.

그리고 밖으로 나갔다.

정확히는 문만 열었다.

"나가 있어요. 전 못 나가서."

"양산 같은 거 없어요?"

웃으며 말했다.

문턱을 사이에 두고 인간과 뱀파이어의 대화가 오갔다.

"같이 나가고 싶은데."

"알겠어요."

이반이 어린 여동생을 보는 듯한 눈빛으로 웃으며 말했다.

그리고 그는 검은색 양산을 가져왔다.

"햇빛 안 닿게 조심해요."

이반의 손을 잡아 양산을 고쳐 잡아주며 말했다.

"뱀파이어의 집 마당 치고 예쁘네요."

"고생 좀 했죠."

"직접 꾸몄어요?"

"햇빛에 닿으면 안 돼서 밤마다 매일요."

"대단하네요."

쭈그려 앉아 꽃잎을 만지작거렸다.

"가끔 나오게 해줘요. 방 안에만 있는 거 답답해요."

"그래요."

"이 따뜻한 햇볕도 쬐지 못하면 엄청 불편할 것 같은데 괜찮아요?"

"어쩔 수 없죠."

"이제 들어가요."

"벌써요?"

"블레이크에게 걸리면 어떡해요."

씨익 웃으며 일어섰다.

들킬까 봐 서둘러 들어가려고 한 것도 있었지만, 그를 귀찮게 하기 싫었다.

이반은 나를 방까지 데려다줬다.

딱히 할 것도 없어 침대에 누워있었다.

커튼을 걷고 바람도 쐬고 싶었지만 이반을 포함해 누가 언제 들어올지 몰라, 그럴 수 없었다.

뱀파이어가 햇빛에 취약한 건 알았지만, 그렇게까지 괴로워하는지는 몰랐다.

그래서 나로서는 블레이크가 다치길 원한다고 하더라도 어쩔 수 없었다.

낮잠이나 잘까 싶어 눈을 감았다.

그대로 그냥 잠들었다.

블레이크가 시키는 대로 피를 줄 인간을 데려왔다.

이 인간도 얼마 버티지 못하고 죽을 거라고 생각했다.

눕혀놓고 보니 평범한 옷차림이었지만 외모는 전혀 평범하지 않았다.

그녀의 아름다운 외모를 감상하고 있을 때 그녀가 눈을 떴다.

당황한 것 같았다.

하긴, 당황할 수밖에.

그녀의 긴 연한 베이지색 머리카락과 빨려 들어가는 듯한 갈색 눈동자에 잠시 정신이 팔려있었다.

그러다 정신을 차리고 그녀에게 간단한 설명을 해줬다.

그리고 그녀의 몸을 묶고 있는 밧줄을 풀어주자마자 그녀는 문으로 돌진했다.

그녀는 열리지 않는 문 앞에서 뭐라고 중얼거렸다.

나는 그녀가 위험해지는 게 싫어서 도망치지 말라고 얘기했다.

이상했다.

내가 블레이크보다는 친절하다는 건 사실이었지만, 인간에게 이렇게 잘 해준 적은 없었다.

이런 감정, 이런 느낌은 처음이었고 그녀가 도망가지 않았으면 했다.

만약 도망간다면 무슨 일이 일어날지 알고 있었기 때문이다.

그 때문도 있지만, 무엇보다 그녀가 가까이에 있었으면 했다.

첫눈에 반한다는 게 이런 뜻인 것 같았다.

그녀에게 손을 뻗자 그녀는 망설이다 내 손을 잡았다.

나는 그녀를 벽난로 앞에 앉히고 따뜻한 차를 건넸다.

하지만 그녀는 컵을 받지 않았다.

나는 그녀에게 이름을 물었다.

"아일라…, 아일라 워커."

그녀는 이름도 예뻤다.

나는 아일라에게 태연하게 행동하라고 말하고 나왔다.

마침 블레이크가 문 앞에 있었다.

고개를 살짝 숙이고 지나갔다.

그는 방으로 들어갔고, 말소리는 들리지 않았다.

잠시 후 나는 아일라의 방으로 갔다.

아일라는 겁에 질린 상태였고, 정말 안쓰러워 보였다.

"왜 왔어요? 당신도 뱀파이어인가요? 제 피를… 마시려고요?"

"뱀파이어는 맞지만, 당신의 피를 마시면 내가 먼저 죽을걸요."

"…네?"

원래는 인간을 잡아 오면 나도 그 인간의 피를 먹지만, 이번은 좀 달랐다.

차라리 굶거나 맛없는 동물의 피를 마시는 게 아일라를 아프게 하는 것
보다 나을 것 같았다.

"생각해봐요, 남의 음식을 뺏어 먹으면 기분이 좋겠어요?"

아일라는 음식이라는 말에 더 겁먹은 듯했다.

"아, 그게 아니라, 비유한 거죠."

"저 죽나요."

아일라가 슬픔이 깃든 목소리로 말했다.

"그건…."

"나 아직 죽기 싫은데 벌써 죽어야 해요?"

그녀의 눈에 눈물이 조금 맺혔다.

눈물을 닦고 안아 위로해주고 싶었다.

죽지 않을 거라고 말하고 싶었다.

내가 지키고 싶었다.

"미안해요."

하지만 지킬 수 없다는 걸 알 수 있었다.

아일라의 생사는 블레이크에게 달려있으니.

그래서 미안했다.

하지만 아일라는 자신이 죽어야 한다고 해석한 것 같았다.

"당신이 살려주면 안 돼요? 나쁜 사람…, 나쁜 뱀파이어는 아닌 것 같은데."

"…미안해요."

살리고 싶어요, 미치도록 당신을 지키고 싶어요.

"그 남자 밑에서 일하는 거면 힘들 것 같은데 괜찮아요?"

지금은 그 무엇보다 아일라를 지킬 힘이 없다는 것이 가장 힘들었다.

그리고 대답하고 싶지도 않았다.

친구지만 밑에서 일한다고 들으니 뭔가 기분이 이상했다.

"블레이크가 기분이 좋으면 죽지는 않을 거예요."

"블레이크…."

"블레이크 로페즈."

"그럼 그 남자 기분이 좋아야 살고 아니면 죽는다는 말이네요."

"비슷…한 거죠?"

전혀 비슷하지 않다고 말해주고 싶었다.

블레이크의 기분과 상관없이 살 수 있을 거라 말하고 싶었다.

"걱정 마요. 안 죽을 거예요."

아일라는 무릎을 감싸고 있던 손을 봤다.

그녀의 손등에 상처가 있었다.

"아팠는데."

"익숙해질 거예요."

그녀의 손을 잡고 손가락으로 상처를 쓸었다.

그리고 아일라의 손을 입술에 댔다.

아일라는 놀란 눈치였다.

눈이 커져 손등과 나를 번갈아 보는 그 모습이 너무 귀여웠다.

나는 그녀를 눕히고 이불을 덮어줬다.

"저 정말 안 죽겠죠?"

"당연하죠."

그녀가 눈을 감자 밖으로 나왔다.

아무래도 사랑에 빠진 것 같다, 아니, 그녀에게 미친 것 같다.

다음 날, 일찍부터 아일라가 보고 싶었다.

그녀의 방으로 향해 문을 여는데 방 안은 매우 밝았다.

그 이후의 일은 잘 기억나지 않는다.

엄청나게 고통스러웠다는 것, 그것만은 기억난다.

그대로 쓰러진 것 같은데 아주 빨리 정신을 차렸다.

눈을 뜨려 했지만, 내 이마에 뭔가가 닿는 느낌이었다.

눈을 감은 채 상황 파악을 했다.

대충 나는 햇빛 때문에 쓰러졌고, 옆에서 아일라가 무언가로 흐르는 땀을 닦고 있는 걸 깨달았다.

닦는다는 말도 표현을 못 할 정도로 조심스럽게 톡톡 건드리고 있었다.

"인간이면 뭐라도 해보겠는데, 뱀파이어면 뭐 어떻게 해야 하는 건데…."

조용히 중얼거리는 아일라의 목소리가 들렸다.

웃음이 터져 나올 뻔했지만, 간신히 참았다.

그때 밖에서 발소리가 들려왔다.

아마 블레이크지 않을까.

역시나 발소리의 주인은 블레이크였고, 그는 들어오자마자 아일라에게 소리쳤다.

그는 내 상태를 살피고 아일라에게 다가갔다.

커튼을 걷었냐고 살벌한 목소리로 으르자 자연스럽게 눈이 떠졌다.

옆을 보니 블레이크가 아일라의 목을 물려고 했고, 나는 그의 옷자락을 잡았다.

하지 말라고 신호를 보내자 그는 긴장이 풀린 듯 주저앉아 있는 아일라를 노려보다 나갔다.

"나 왜 살아있는 거지…."

그녀는 조용히 중얼거렸다.

"아, 그렇지. 괜찮아요?"

방금 죽을 뻔했으면서 내 걱정부터 하는 그녀가 이해되지 않았다.

"저는 멀쩡한데요, 당신은요?"

"난 당연히 멀쩡한데 아까 엄청… 아파 보여서요."

"괜찮아요. 근데 왜 그랬어요?"

"네?"

"문 열려 있으면 무시하고 도망갔어도 됐잖아요. 왜 구해줬냐고요."

내가 들어오자마자 문을 닫지 않고 쓰러졌기 때문에 충분히 무시할 수 있었다.

그런데 아일라는 나를 구해줬고, 이유가 궁금했다.

"아, 맞다. 나 갇혀있지."

상상도 못 한 대답에 웃음이 새어 나왔다.

"네?"

"몰라요, 그런 거 생각할 틈 없었어요. 사람…은 아니지만 누가 쓰러졌는데 무시하는 건 못해요."

너무나도 예쁘고, 너무나도 착한 그녀가 사랑스러웠다.

"고마워요."

"방금 진짜 무서웠어요."

그렇겠지, 블레이크는 화가 나면 눈에 뵈는 것도 없으니까.

"그가 당신을 좀… 마음에 들어하진 않는 것 같은데 당분간 눈에 띄지 마요."

"안 그래도 그럴 생각이에요…."

그때 아일라의 팔에 있는 상처가 눈에 띄었다.

"그건 언제 물렸어요?"

"뭐가요?"

"팔에 그 상처요."

아일라는 자신의 팔을 쳐다봤다.

"새벽에 만신창이인 상태로 와서는 피 마시고 그냥 가던데요."

만신창이….

만신창이라….

보통 뱀파이어는 피를 마실 때 눈이 빨갛게 변하는데 만신창이가 됐다는 건 좀 다르다.

적은 경우지만 사랑에 빠지거나 좋아하는 인간이 생겼을 때 가끔 이성을 놓는다.

정확히 말한다면 후각이 좀 더 발달한다.

그 인간이 피를 흘린다면 멀리 있더라도 그 냄새를 맡을 수 있다.

머리가 산발이 되고 눈이 빨갛게 변해 그 인간의 피를 마시려 한다.

그래서 나도 이성을 놓고 아일라의 피를 마실까 봐 스스로 방문을 잠궜다.

밤새 그것 때문에 고생을 하긴 했지만.

지금 내 방문에 간다면 스크래치와 부수려던 흔적이 가득하다.

"사랑…."

설마 블레이크가 그럴 일은 없을 거라 생각해 애써 무시했다.

나는 그녀에게 손을 뻗었고, 아일라가 내 손을 잡자 끌어당겼다.

아일라를 내 옆에 앉히고 팔에 입을 댔다.

나는 그녀를 데리고 밖에 나가기로 했다.

문 앞에서 그녀를 보고 있는데 아일라가 양산이 있는지 물어봤다.

그리고 같이 나가고 싶다고 했다.

그 모습이 너무 귀여워 알겠다고 했다.

아일라는 꽃을 보고 신난 듯했다.

어린아이처럼 꽃을 만지작거렸다.

그런데 아일라가 들어가자고 했다.

방 안을 답답해하는 걸 잘 알고 있는데, 왜 벌써 들어가자고 하는지 궁금했다.

"블레이크에게 걸릴까 봐."라고 하는데 거짓말인 걸 알았다.

정확한 이유는 몰라도 아일라가 원하니까 들어가기로 했다.

아일라를 방에 데려다주고 문을 잠궜다.

자유로운 성격의 그녀를 가둬두긴 싫었지만, 어쩔 수 없었다.

블레이크가 아일라를 가만히 내버려 뒀으면 좋겠다.

그녀가 무서워하지 않았으면 좋겠고 위험해지지 않았으면 좋겠다.

블레이크

또 죽었다.

몇 번째인지 모른다.

기분이 조금이라도 나쁘면 인간들을 그냥 다 죽였다.

이반이 오늘 새로 인간을 데려온다고는 하는데 얼마나 버틸지 모르겠다.

전부 못 버티고 자살하거나 내 손에 죽었다.

방에 앉아 책을 읽고 있다가 일어났다.

그리고 이반이 말한 방으로 향했다.

문 앞에 도착하자 이반과 인간의 대화 소리가 들렸다.

대화 소리를 들어보니 그 인간의 이름은 아일라 워커라는 것을 알아냈다.

곧 이반이 밖으로 나왔고 이반은 나를 지나쳤다.

문을 열자 그 인간이 흠칫하는 게 느껴졌다.

그 반응이 재밌어 말을 걸었다.

"안녕."

그 여자는 뒤를 돌아보지 않았다.

"무작정 데려와서 미안해."

"데려온 게 아니라 납치한 거잖아요…"

그녀의 부드럽지만 떨리는 목소리가 마음에 들었다.

"뭐, 그게 그거지."

"왜 데려온 건데요…?"

"말할 때는 눈 마주치면서 말하는 게 어때?"

그러자 그 여자가 고개를 저었다.

그래서 내가 다가갔다.

그녀의 앞에 쭈그려 앉아 얼굴을 봤다.

그 미모에 살짝 놀랐다.

그녀의 긴 연한 베이지색 머리카락과 빨려 들어가는 듯한 갈색 눈동자에
잠시 정신이 팔려있었다.

그러다 정신을 차렸다.

아일라는 나를 쳐다보려 하지 않았다.

필사적으로 눈을 피하려 하는 게 살짝 귀여웠다.

미소를 짓고 그녀의 눈을 마주치려 고개를 숙였다.

그녀의 갈색 눈동자를 직접 마주하자 별생각이 들지 않았다.

그저 이 인간은 죽게 하고 싶지 않은 생각만 했다.

나는 그냥 일어나 그녀에게 손을 뻗었다.

하지만 그녀는 내 손을 잡지 않았다.

그래서 내가 허리를 숙여 아일라의 손을 잡고 일으켰다.

잡고 있는 아일라의 손을 쳐다봤다.

손은 희고 작았다.

아일라는 내 시선이 부담스러웠는지 조심스럽게 손을 뺐다.

나는 그녀의 손을 다시 잡았다.

"익숙해져."

그리고 그녀의 손을 입으로 가져갔다.

그녀의 피는 맛있었다.

달콤했고, 달콤했고, 달콤했다.

그녀는 놀란 건지, 아니면 내 힘이 세 움직이지 못하는 건지 가만히 있었다.

나는 아일라의 손에서 입을 뗐고, 입에서 피가 조금 흘렀다.

아일라는 다리에 힘이 풀렸는지 주저앉았다.

순간적으로 부축해줄 뻔했다.

"뭐하는…"

아일라는 나를 올려다보며 말했다.

그 한마디도 겨우 꺼낸 것 같았다.

"아직 이반이 안 말해줬어?"

"이반이 누군데요?"

목소리가 떨리는 것을 보아하니 울음을 참고 있는 것 같았다.

"아까 만난 남자."

옆에 있는 의자에 앉으며 말했다.

"왜…, 왜 손을…."

"물었냐고?"

씨익 웃으며 말했다.

좀 미안했지만, 겁에 질린 그 두 눈동자가 사랑스러웠다.

첫눈에 반한다는 게 이런 뜻인 것 같았다.

"이반이 설명을 안 해줬으니 내가 해줘야겠네? 살짝 귀찮게 됐어."

다리를 꼬고 팔을 괴며 말했다.

"대충 말하자면 난 뱀파이어고, 넌 나한테 피를 주려고 온 거야."

"피를 준다고요…? 당신한테요?"

"그래, 그러니까 좀 익숙해져. 이 집에도, 아까 그 아픔에도."

아일라는 당황한 것 같았다.

안심시켜주고 싶었다.

그녀를 방에 데려다주고 문을 잠갔다.

아일라는 죽지 않게 해야겠네.

아무래도 사랑에 빠진 것 같다, 아니, 그녀에게 미친 것 같다.

그날 새벽, 내가 사랑에 빠진 게 확실하다는 걸 알 수 있었다.

그녀의 피가 너무 마시고 싶었고, 무작정 아일라의 방으로 갔다.

아일라는 자는 척을 하고 있었고, 난 말했다.

"일어났으면 눈 떠. 자는 척하지 말고."

그러자 그녀가 눈을 뜨고 일어났다.

아일라는 나를 보고 놀란 것 같았다.

"꼴이 왜 이러…"

나는 그녀의 말을 끊고 팔을 잡아당겨 물었다.

"으윽…"

아일라의 피가 입에 들어오자 그제서야 정신을 차렸다.

그리고 한 가지 깨달았다.

나는 아일라 워커에게 사랑이라는 감정을 느끼는구나.

잠시 동안의 정적을 깨고 아일라가 내게 말을 걸었다.

"눈동자 색이 왜 바뀌었어요?"

"겁도 없나 봐? 나한테 말을 다 걸고."

그러자 그녀가 고개를 돌렸다.

아무 생각 없이 말부터 내뱉는 습관은 고쳐야겠다.

"피 다 마셨으면 가요…"

나는 그녀를 쳐다봤다.

나한테 명령조로 말을 했던 인간은 처음이었다.

살짝 신기해서 쳐다봤는데 아일라는 그것에 겁을 먹은 것 같았다.

"…가주세요."

웃음이 터져 나올 뻔했지만, 겨우 참고 밖으로 나갔다.

다음 날, 일찍부터 아일라가 보고 싶었다.

그래서 그녀의 방으로 향했다.

그런데 뭔가 분위기가 달랐다.

아일라의 방 안 침대에 이반이 쓰러져 있고, 옆에 아일라가 천으로 그의 땀을 닦고 있었다.

바닥에는 물이 쏟아져 있었다.

그 천이 뭔지도 모르고 이반이 왜 쓰러져 있는지도 몰라 무작정 달려가 그녀를 밀쳤다.

만약 아일라가 뭔가를 하다가 이반이 잘못될 수 있었다.

그리고, 이반은 인간이 아니기 때문에 아일라가 뭔가를 하다가 아일라도 같이 잘못될 수 있었다.

이반은 햇빛에 노출된 것 같았다.

나는 그의 어깨를 잡고 흔들다가 그가 숨을 쉬는 걸 확인하고 아일라를 쳐다봤다.

"너 무슨 짓을 한 거야."

전에도 비슷한 수법으로 이반을 죽이려던 인간이 있었다.

분노라는 감정밖에 남질 않았고, 점점 이성의 끈이 끊겨갔다.

"예…?"

"커튼 걷었어?"

나는 점점 그녀에게 다가갔고, 그녀는 의자에서 일어나 뒷걸음질 쳤다.

"무슨 짓 했냐고."

"커튼 걷고 있었는데 그냥 들어온 거예요…!"

"더 심했으면 죽었어."

나는 그녀의 목으로 천천히 다가갔고, 아일라가 눈을 질끈 감았다.

그런데 뒤에서 뭔가 잡아당기는 듯한 느낌이 들었다.

그제서야 정신을 차리고 고개를 돌렸다.

이반이 내 옷자락을 잡고 있었다.

아일라는 그대로 주저앉았고, 난 그녀를 내려다보다 밖으로 나왔다.

순간 화가 나서 아일라를 죽일 뻔했다는 생각에 짜증 났다.

방에서 창문을 쳐다보고 있었다.

반투명한 검은 커튼 사이로 이반과 아일라가 보였다.

아일라는 내 앞에선 짓지 않던 환한 미소를 짓고 있었다.

이반도 그렇게 행복해 보이는 건 처음 봤다.

그러다 둘은 금세 들어갔고, 나도 그들에게서 시선을 뗐다.

방금 그 일로 인해 안 그래도 어색했던 사이가 더 서먹해질 것이라는 걸 예상했다.

그녀가 날 무서워하지 않으면 좋겠고, 위험해지지 않았으면 좋겠다.

Isla Walker

아일라 워커

2. 헤이즐

2. 헤이즐

잠에서 깨어나니 누군가 내 머리를 만지작거리고 있었다.

머리카락을 정리해준다고 하는 게 맞는 것 같았다.

이반인 줄 알았지만, 눈을 떠보니 블레이크였다.

너무 놀라 비명조차 나오지 않았다.

그도 어지간히 놀랐는지 손을 멈추고 나를 쳐다봤다.

그 어색한 정적을 깬 건 나였다.

"왜…, 왜 여깄어요?"

하지만 그는 아무 말도 하지 않았다.

"저기요…?"

"사과하려고."

"…예?"

내가 뭘 잘못 들었나 싶어 되물었다.

"윽박지르고 화냈던 거, 사과하려고."

그의 목소리가 점점 작아졌다.

그게 웃겨 웃었다.

그러자 블레이크가 쳐다봤다.

그 눈빛에 소름이 돋아 웃는 걸 멈췄다.

"왜 웃어?"

"이런 면이 있는 줄 몰라서요. 냉혈한인 줄 알았는데."

그러자 그가 뭐라고 중얼거렸다.

"뭐라고요?"

"궁금해할 거 없어."

"근데 진짜 사과만 하려고 온 거예요?"

"그러면 뭐, 네 목이라도 물까?"

"아뇨!"

그러자 그가 피식 웃었다.

"아프단 말이에요…. 거기다 목이면 얼마나 아프겠어요, 그렇죠?"

"네가 아프든 말든 그건 내 알 바 아니지 않나?"

"진짜 물 거예요…?"

"안 할게, 안 하면 되잖아."

그가 웃으며 말했다.

웃는 모습은 처음 보는데.

"좀 웃고 다녀요. 완전 무섭단 말이에요. 웃으니까 훨씬 잘생겼네."

"그럼 앞으로 웃으면 안 되겠네."

"쳇."

"이리 와."

그가 양팔을 뻗으며 말했다.

"네?"

"얼른."

"…안기라고요?"

그는 작게 한숨을 쉬고 내게 다가와 나를 끌어안았다.

그가 내 손을 처음 물었을 때처럼 굳어있었다.

내 귀 옆에서 왜인지 모르겠지만, 그가 피식 웃는 게 보였다.

그리고 그는 나를 살짝 떼어놓더니 내 목을 물었다.

"아…!"

목이라 그런지 더 아팠다.

잠시 후 그는 입술을 뗐다.

아픔 때문인지 눈물이 맺혔다.

나는 눈물 맺힌 눈으로 블레이크를 째려봤다.

"왜 울어. 내가 나쁜 사람 된 것 같잖아."

"나쁜 거 맞잖아요. 그리고 사람도 아니면서 나쁜 사람은 무슨…."

나는 눈물을 스윽 닦으며 말했다.

"그렇게 아파?"

"당연하죠. 목을 무는데. 나도 콱 물어버려?"

"물어봐."

그가 고개를 들어 목을 드러내며 말했다.

나는 미소를 짓고 그의 목을 무는 시늉을 했다.

"이거 얼마나 아픈지 알아요?"

"나야 모르지."

"당연히 모르죠."

"미안해."

나는 씨익 웃었다.

언제 그와 장난까지 치는 사이가 됐는지는 모르겠지만, 그도 꽤 재밌었다.

"이반은 상처 치료해주던데 누구는 상처를 만들고 참."

장난스럽게 말했지만, 블레이크는 정색했다.

"왜… 그래요? 제가 뭐 잘못했어요?"

"됐어, 갈게."

"네? 아, 잘 가요."

갑자기 정색하며 가겠다고 해서 당황스러웠지만, 딱히 붙잡지는 않았다.

말을 듣지도 않을 테고, 붙잡아봤자 할 말도 없었다.

그가 나가고 잠깐 벙쪄있는데 노크 소리가 들렸다.

갑자기 소리가 들려 흠칫했다.

문이 열리고 들어온 건 이반이었다.

"어…, 안녕하세요?"

할 말이 없어 인사를 했다.

"네, 안녕하세요."

이반이 피식 웃었다.

항상 뭐가 그렇게 웃긴지는 모르겠지만, 상관은 없었다.

"물렸어요?"

"아, 네, 방금요."

"이리 와요."

그렇게 말했지만, 이반이 내게 다가왔다.

그가 내 목으로 고개를 옮기자 그대로 굳었다.

이반도 내 목에 입술을 갖다 대려 하다가 멈칫했다.

"그…, 이건 치료 안 해줘도 될 것 같은데."

"네, 그러는 게 낫겠네요."

이반이 어색하게 웃으며 말했다.

"근데 왜 왔어요?"

"촉이 좋거든요. 예상대로 블레이크가 왔다 갔고요."

"아, 네."

어색한 정적이었다.

이런 분위기는 싫은데.

그때 배에서 꼬르륵 소리가 들렸다.

얼굴이 붉어졌다.

창피했다.

이반이 웃음을 참는 게 느껴졌다.

"배고파요?"

"이…, 이틀 정도 굶었으니까 당연하죠."

"여기 인간의 음식은 없는데."

"알아요."

"나갈래요?"

"네?"

"나가서 뭐라도 먹어야죠. 이러다 굶어 죽겠다."

"이틀 굶었다고 안 죽거든요…."

"그럼 가죠, 죽기 전에."

"햇빛은 어쩌고요."

"지금 해 졌어요."

"해 졌다고요? 내가 그렇게 오래 잤나? 커튼을 걷을 수가 없으니 알 수가 있어야지."

"피곤했나 보죠."

"그렇게 졸리진 않았는데, 졸렸나?"

"나갑시다. 이러다 진짜 죽어요."

"안 죽는다니까…."

일어서며 말했다.

이반과 나는 밖으로 나갔다.

밖으로 나온 건 오랜만이었다.

"여기는 처음 보는 데인데 진짜 멀리까지 납치해왔네요?"

"그렇게 말하니까 좀 이상하긴 한데, 그렇죠?"

이반과 나는 시장 같은 곳으로 갔다.

"이 근처에 시장도 있네요. 사람들이랑 멀리 떨어져서 사는 줄 알았는데."

"뭐, 그렇죠."

길거리를 천천히 걸어가면서 주위를 둘러봤다.

여기가 어디쯤인지는 알 수 있을 것 같았다.

그런데 전혀 감이 잡히지 않았다.

그냥 평범한 시골 같았다.

"먹고 싶은 거 있어요? 과일이나 빵 같은 거?"

"아, 그러고 보니까 돈은 있어요?"

"당연하죠, 여태까지 집에 들였던 인간이 그렇게 많은데."

"뺏은 거예요?"

"죽고 나서요."

"아…."

어색하게 고개를 돌렸다.

이반은 그런 나를 보고 피식 웃더니 계속 걸어갔다.

계속 걸어가다가 이반이 한 가게 앞에 멈춰섰다.

그리고 사과 하나를 집어 들었다.

"먹을래요?"

"아, 네, 감사합니다."

사과를 받아들자 이반이 가게 주인에게 돈을 내밀었다.

사과를 한 입 베어 물고 이반을 따라 걸어갔다.

그러다 이반은 악세사리를 파는 곳 앞에 멈췄다.

"하나 사줄까요?"

"네?"

살짝 웃으며 말했다.

약간의 황당함이 섞인 웃음.

뱀파이어가 인간에게 악세사리를 사주겠다고 하다니.

"골라봐요."

사달라고는 안 할 거지만, 구경은 해야겠다.

언제 또 나올 수 있는지도 모르는데 기회가 주어졌을 때 실컷 즐기는 게 나을 것 같았다.

허리를 숙여서 올려있는 것들을 만지작거렸다.

브로치나 목걸이, 머리핀 등이 있었다.

그때 가게에 있던 아줌마가 말을 걸었다.

"아가씨, 거기 목에 그 흉터 뭐에요?"

"네?"

그러다 그 아줌마가 블레이크에게 물렸던 상처를 말하는 걸 깨달았다.

나는 서둘러 손으로 목을 가렸다.

"아, 별거 아니에요."

"별거 아니라고 하기엔…, 이 주위에 뱀파이어가 산다는 소문이 있는데, 혹시 진짜예요?"

"뱀파이어는 무슨, 그런 게 어딨어요. 아니에요."

"솔직히 말해봐요. 도와줄게요."

"진짜 아니에요."

웃으며 말했지만, 당혹감을 숨기지 못했다.

점점 사람들이 몰리는 게 느껴졌다.

"옆에 이 남자가 설마…?"

"아니에요."

단호하게 말하며 손사래 치려 했다.

그런데 실수로 아줌마가 올려놓은 듯한 컵을 쳐 떨어뜨렸다.

조각은 쨍그랑 소리를 내며 깨졌고, 그 조각을 주우다 아주 살짝 스쳐 피가 흘렀다.

잠깐, 피?

서둘러 피를 닦고 이반을 쳐다봤다.

이반은 고개를 숙이고 있었고 몸을 떨고 있었다.

사람들은 그걸 보고 더 수군거렸다.

그러다 이반이 고개를 살짝 들었는데 눈동자가 빨갛게 변해있었다.

나는 서둘러 손으로 그의 눈을 가렸다.

"아가씨, 손 치워봐요."

사람들이 내게 말하는 소리가 들렸다.

"얼른요."

"진짜 뱀파이어인가 봐…!"

"저 여자도 한패 아니야?"

"근데 물린 것 보면 뱀파이어는 아닌 것 같은데?"

"계속 여자들이 사라진다 했더니만, 뱀파이어에게 납치당했다는 게 사실이었군!"

"그럼 헤이즐이 미친 게 아니었네?"

이반의 눈을 가리고 있지 않은, 반대쪽 손에 힘이 들어갔다.

사람들은 계속 수군거렸다.

"손 치워봐요."

그리고 계속 손을 치워보라고 했다.

이반은 숨을 헐떡였다.

도저히 안 될 것 같아 이반의 손을 잡고 뛰었다.

뒤에서 사람들이 쫓아오는 소리가 들렸지만, 무시하고 뛰었다.

난 내가 그렇게까지 빨리 뛸 수 있는지 몰랐다.

그러다 이반도 정신을 차렸는지 열심히 뛰기 시작했다.

"따라와요!"

이반은 구석으로 뛰었다.

나는 그를 따라갔고 사람들을 따돌린 것 같았다.

벽에 기대 숨을 헐떡이고 있었다.

이반은 정신을 차린 것 같았지만, 여전히 눈동자는 빨간색이었다.

"괜찮아요? 아직 눈동자가… 빨간데."

"아마요."

하지만 블레이크와 비슷하게 무서웠다.

그때 이반이 나를 지나쳐 앞으로 갔다.

뒤를 돌아보니 이반이 길고양이의 피를 마시고 있었다.

너무 놀라서 입을 틀어막고 굳어있을 때 이반이 뒤돌았다.

이반의 입에서 피가 흐르고 있었고, 밑에 길고양이의 사체가 있었다.

그의 눈동자 색은 돌아와 있었지만, 눈빛과 모습이 살벌했다.

흔한 광기에 사로잡힌 악당 같았다.

막 살인을 끝낸 악당.

"미안해요, 이런 거 보게 해서."

그가 손등으로 피를 닦으며 말했다.

"그런데 이러지 않으면 당신을 먹…"

"알겠으니까 그만 말해요…"

손수건을 꺼내며 이반에게 다가갔다.

그리고 이반의 입가에 묻어있는 피를 닦아줬다.

"미안해요."

"뱀파이어가 피 마시면서 미안하다고 하는 건 뭐에요. 당연한 건데. 조금 … 불쌍하긴 해도."

웃으며 손수건을 집어넣었다.

"이제 들어가요. 사람들이 우리 얼굴 알았으니 이제 나오면 안 되겠네."

이반과 나는 다시 집으로 돌아갔다.

방 안으로 들어가 누워있는데 이반이 들어왔다.

"왜요?"

"블레이크가 방으로 오래서요."

"방으로요?"

이반은 나를 한 방으로 데려다줬고, 문을 열자 어두운 분위기의 방이 보였다.

그 안에 블레이크가 있었다.

어리둥절한 표정으로 가만히 서 있을 때 블레이크가 말했다.

"어디 갔다 왔어?"

"그냥 시장이요."

"왜?"

"배고파서요."

"그러니까 왜."

"왜 배가 고프냐는 말이에요? 며칠 동안 굶었으면 배고픈 건 당연하죠."

"마을이 난리가 났던데."

"아…, 죄송해요."

"둘 다 잘못됐으면 어쩔 뻔했어!"

블레이크가 소리치며 책상을 쳤다.

살짝 움찔했지만, 가만히 있었다.

"죄송해요."

바닥만 쳐다보고 있을 때 블레이크가 조용히 다가왔다.

그의 그림자가 보일 때 고개를 들자 블레이크가 내 뒷목을 잡고 내 입에 입술을 갖다 댔다.

놀란 채로 굳어있었다.

그가 내 몸에 입술을 갖다 댈 때는 몸이 경직되는 것 같다.

그런데 갑자기 블레이크가 내 아랫입술을 깨물고 밀쳤다.

그대로 밀려나 입술을 만져보니 피가 묻어있었다.

블레이크는 책상에 손을 댄 채로 뭐라 중얼거렸다.

"저기요, 괜찮아요…?"

"나가."

"네?"

그가 조용히 중얼거려서 잘 못 들었다.

"나가라고."

"…네."

자기가 불러놓고 갑자기 나가란다.

그의 말을 듣지 않아서 좋을 건 없어서 그냥 그대로 나왔다.

밖에서 이반이 기다리고 있었다.

그는 내가 나오자마자 질문을 쏟아부었다.

"괜찮아요? 뭐라고 했어요? 다치진 않았…."

그러다 그의 시선이 내 입술에 멈췄다.

그리고 그는 내 입술을 손가락으로 쓸었다.

나는 그의 눈썹이 추켜올려지는 걸 봤다.

"여길 물었어요?"

"아, 네."

"치료…는 안 하는 게 낫겠죠?"

"아프긴 한데…, 그러는 게 낫겠죠?"

"입술은 치료 못 해줘도 목은 해줄게요. 또 문제 생기겠다."

"네?"

피하기도 전에 이반이 내 목에 입술을 갖다 댔다.

곧 그가 입술을 뗐고 그는 내 목을 만졌다.

"멋대로 어…, 치료한 건 미안해요."

"아, 예."

"방으로 갈래요…?"

"네."

이반은 나를 방까지 데려다줬고, 침대에 기대앉아 고민했다.

블레이크가 왜 내 입술에….

그러다 왜 갑자기 깨물고 밀친 거지.

"아, 모르겠다."

똑같았다.

고민하다 잠들었고 새벽에 깨어났다.

햇빛을 보고 싶었다.

언제 또 누군가 들어올지 몰라 커튼을 걷지 않고 창가에 앉았다.

밖에서 봤다간 그냥 숨어있다고 생각할 것이다.

창문 문고리를 잡고 유리에 막혀 보이지 않는 곳을 보려 했다.

그런데 갑자기 창문이 열렸다.

당황한 상태로 가만히 있었다.

왜 창문이 열리는 거지?

"으응?"

블레이크가 열어둔 건가?

내가 도망치면 어쩌려고 이러는 거지?

실수인가? 잠깐 열었다가 깜빡하고?

다리를 내밀고 앉았다.

바람은 시원하고 햇빛은 따뜻했다.

최고의 날씨였다.

그대로 밖으로 나갔다.

창문 밑에는 보이지 않았던 꽃이 많이 피어있었다.

자연에서 피었던 꽃이라기엔 평범한 들꽃들이 아니었다.

그럼 누군가 심었다는 건데 이반이 꾸몄다고 했을 때 이런 곳까지 꾸몄을 줄은 몰랐다.

이반과 잠깐 나왔을 때처럼 꽃잎을 만지작거릴 때 방 안에서 목소리가 들렸다.

"아일라, 아일라?"

이반의 목소리였다.

바람 때문에 커튼이 흩날리는 것 때문에 어느 정도 눈치챈 것 같았다.

그런데 햇빛 때문에 직접 확인하지는 못한 것 같았다.

"하…, 제기랄."

이반의 친절한 얼굴과 성격에 욕은 전혀 어울리지 않았다.

오해가 더 생기기 전에 도망가지 않았다는 걸 알리기로 했다.

"저기요, 저 안 도망갔어요."

이반이 햇빛에 닿을까 조심스럽게 방으로 들어왔다.

"하…, 놀랐잖아요."

"미안해요. 창문이 열리길래 잠깐 나갔는데."

"진짜 놀랐어요. 다음부턴 말없이 나가지 마요."

"미안해요."

"많이 답답했어요?"

"날씨도 좋고 창문 밑에 꽃이 예뻐서요. 눈 쌓이면 예쁠 것 같은 정원이에요."

"블레이크가 열어 놓은 건가."

"당신이 연 거 아니에요?"

"아니에요."

"신뢰가 좀 쌓였나? 잘하면 방문도 열어주겠네요?"

"가능성이 없지는 않네요."

이반이 웃으며 말했다.

"근데 왜 왔어요? 매일 찾아오네요?"

"사실은 지금까지 여기 있었던 인간들이 전부 죽거나 자살했거든요."

"블레이크 때문이죠? 그 성격으로 버티긴 힘들었겠죠."

웃으며 장난스럽게 말했다.

"그런데 당신은 죽게 하기 싫나 봐요. 감시하라고 하더라고요."

"여기서 사는 거 힘들진 않아서 죽을 일은 없을 것 같은데요. 블레이크가 직접 죽이지 않는 이상."

"안 죽여요. 감시까지 하라고 할 정도면 당신이 죽길 바라진 않을 거예요."

"다행이네요. 다른 사람들과 대우가 좀 달라서. 왜 그런 거지?"

"…성격이 재밌어서 그런 거 아닐까요?"

"내가 그래요?"

"당신이랑 같이 있으면 재밌어요."

"다행이네요. 운 좋은 거죠."

뒤돌아 커튼을 만지며 말했다.

햇빛이 조금이라도 들어오게 하면 안 돼서.

"이제 가볼게요."

"잘 가요."

매일같이 찾아오는 게 감시용일 거라고는 상상도 못 했다.

다시 밖으로 나갔다.

방 안이든 밖이든 딱히 할 것은 없지만, 날씨가 좋아서 나가고 싶었다.

벽에 기대서 하늘을 봤다.

"날씨가 이렇게 좋은 건 오랜만이네."

아니면 내가 안 나온 지 오래된 건가?

이 창문이 계속 열려 있다면 방 안에서 답답할 일은 없을 것 같다.

한참을 앉아 있다가 몸이 저려와서 일어났다.

그리고 방으로 들어가 침대에 누웠다.

창문을 열어놔서 그런지 바람이 살랑살랑 불어왔고, 노곤노곤해져서 금방 잠이 들었다.

이반

블레이크가 시킨 대로 오늘도 아일라의 방으로 향했다.

방문을 노크하고 들어가자 아일라가 살짝 흠칫하는 게 느껴졌다.

"어…, 안녕하세요?"

아일라는 나에게 인사를 했다.

할 말이 없어서 인사를 한 게 너무 티가 나서 웃음이 나왔다.

"네, 안녕하세요."

그때 아일라의 목에 있던 상처가 보였다.

"물렸어요?"

"아, 네, 방금요."

블레이크가 아일라의 목을 물었다는 것에 살짝 의문이었지만 무시했다.

"이리 와요."

그렇게 말했지만 내가 아일라에게 다가갔다.

내가 그녀의 목 쪽으로 고개를 숙이자 아일라가 눈이 살짝 커진 채 그대로 굳었다.

나도 그녀의 목에 입술을 갖다 대려다 멈칫했다.

"그…, 이건 치료 안 해줘도 될 것 같은데."

바로 옆에서 그녀의 목소리가 들렸다.

어쩜 목소리도 이렇게 달콤한지.

"네, 그러는 게 낫겠네요."

"근데 왜 왔어요?"

"촉이 좋거든요. 예상대로 블레이크 님이 왔다 가셨고요."

감시 때문에 (물론 내가 보고 싶어서 온 게 좀 더 컸다.) 왔다고 말하기 싫었다.

아직은 때가 아닌 것 같았다.

조금만 더 있다가 말해주는 게 더 나을 것 같았다.

그때 조용한 방 안에 꼬르륵 소리가 들렸다.

그리고 아일라의 얼굴이 빨개지는 게 보였다.

너무 귀여웠다.

"배고파요?"

"이…, 이틀 정도 굶었으니까 당연하죠."

그러고 보니까 아일라에게 음식을 준 적이 없다.

많이 배고팠겠네.

미안하면서 웃겼다.

"여기 인간의 음식은 없는데."

"알아요."

"나갈래요?"

"네?"

"나가서 뭐라도 먹어야죠. 이러다 굶어 죽겠다."

"이틀 굶었다고 안 죽거든요⋯."

"그럼 가죠. 죽기 전에."

"햇빛은 어쩌고요."

"지금 해 졌어요."

"해 졌다고요? 내가 그렇게 오래 잤나? 커튼을 걷을 수가 없으니 알 수가 있어야지."

"피곤했나 보죠."

"그렇게 졸리진 않았는데, 졸렸나?"

"나갑시다. 이러다 진짜 죽어요."

"안 죽는다니까⋯."

아일라가 일어나며 말했다.

나는 아일라를 데리고 밖으로 나갔다.

"여기는 처음 보는 데인데 멀리까지 납치해왔네요?"

"그렇게 말하니까 좀 이상하긴 한데 그렇죠?"

우리는 시장 같은 곳에 도착했다.

"이 근처에 시장도 있네요. 사람들이랑 멀리 떨어져서 사는 줄 알았는데."

"뭐, 그렇죠."

인간에게 음식을 사주는 건 처음이라 뭘 사줘야 할지 몰랐다.

"먹고 싶은 거 있어요? 과일이나 빵 같은 거?"

"아, 그러고 보니까 돈은 있어요?"

"당연하죠, 여태까지 집에 들였던 인간이 그렇게 많은데."

"뺏은 거예요?"

"죽고 나서요."

"아…"

아일라가 조용히 고개를 돌렸다.

나는 피식 웃고 계속 걸어갔다.

먹고 싶어하는 것을 사주기 전에 뭐라도 먹어야 할 것 같아서 사과 하나 를 집어 들었다.

"먹을래요?"

"아, 네, 감사합니다."

아일라가 받아들자 주머니에서 돈을 꺼내 가게 주인에게 전해줬다.

아일라는 사과를 한 입 베어 물었다.

보일 듯 말 듯 한 미소를 짓고 계속 걸어갔다.

뒤에서 아일라가 총총 뛰어왔다.

그리고 악세사리를 파는 곳 앞에 멈췄다.

이것들을 아일라가 한다면 예쁠 것 같았다.

"하나 사줄까요."

"네?"

아일라가 황당한 듯 웃으며 말했다.

"골라봐요."

아일라는 허리를 숙여 악세사리를 만지며 보고 있었다.

그때 가게 주인으로 보이는 인간이 아일라에게 말을 걸었다.

"아가씨, 거기 목에 그 흉터 뭐에요?"

"네?"

아일라는 서둘러 손으로 목을 가렸다.

"아, 별거 아니에요."

"이 주위에 뱀파이어가 산다는 소문이 있는데 진짜예요?"

누가 그딴 소문을 낸 거지.

전에 탈출했던 헤이즐인지 뭔지 그 여자인가?

"뱀파이어는 무슨, 아니에요."

"솔직히 말해봐요. 도와줄게요."

"진짜 아니에요."

점점 사람들이 몰렸다.

"옆에 이 남자가 설마…?"

"아니에요."

아일라가 손을 내저을 때 유리컵이 떨어져 깨졌다.

그리고 아일라는 그 유리 조각을 주우려다 손에 스쳐 피가 났다.

그때 달달한 냄새가 났다.

잠깐, 좋아하는 사람의 피 냄새를 맡으면 이성을 놓….

사람들이 볼까 봐 고개를 숙이고 아무나 물지 않도록 참고 있었다.

상황이 어떻게 돌아가려는지 보려고 고개를 살짝 들자 아일라가 서둘러 내 눈을 가렸다.

"아가씨, 손 치워봐요."

사람들이 아일라에게 말했다.

"아가씨, 얼른요."

그러자 사람들이 더 수군거렸다.

"진짜 뱀파이어인가 봐…!"

"저 여자도 한패 아니야?"

"근데 물린 것 보면 뱀파이어는 아닌 것 같은데?"

"계속 여자들이 사라진다 했더니만, 뱀파이어에게 납치당했다는 게 사실이었군!"

"그럼 헤이즐이 미친 게 아니었네?"

헤이즐, 그 여자 짓이 맞았다.

처음이자 마지막으로 탈출했던 인간.

일부러 반항하지 못하게 그나마 좀 약한 여자들만 데리고 왔더니, 그걸 이용해 탈출한 영악한 인간.

"손 치워봐요."

사람들은 계속 아일라에게 손을 치우라고 말했다.

점점 이성이 끊겨가는 게 느껴졌고, 숨을 쉬기가 힘들었다.

그때 아일라가 눈을 가리고 있던 손으로 내 손목을 낚아채 뛰기 시작했다.

뒤에서 사람들이 쫓아오는 소리가 들렸지만, 아일라는 신경 쓰지 않는 듯했다.

나도 그제서야 정신이 들었고, 같이 뛰기 시작했다.

더 빨리 뛸 수 있었지만, 굳이 그러지 않았다.

"따라와요!"

아일라의 앞으로 가며 말했다.

그리고 구석에 있던 골목으로 갔다.

뱀파이어라 숨이 차지는 않았지만, 아일라는 힘든 듯했다.

하지만 사람들에게 들키면 안 돼서인지 입을 막고 벽에 기댄 채 조금씩 숨을 쉬고 있었다.

그들을 따돌린 것 같았고, 아일라가 내게 말을 걸었다.

"괜찮아요? 아직 눈동자가… 빨간데."

"아마요."

괜찮지 않았다.

뛰면서 이성은 겨우 붙잡았지만 목이 말랐다.

바로 앞에 피를 줄 수 있는 사람이 있었지만 싫었다.

그런데 앞에 지나가는 고양이가 보였다.

싫었지만 어쩔 수 없었다.

더 참다간 아일라를 물 것 같았다.

고양이를 물고 피를 마셨다.

그 고양이는 죽었고, 뒤를 돌아보자 아일라가 입을 틀어막고 있었다.

어지간히 놀란 게 아닌가 보다.

"미안해요, 이런 거 보게 해서."

아일라는 내 목소리에 고양이에서 시선을 잠깐 뗐다.

"그런데 이러지 않으면 당신을 먹…."

"알겠으니까 그만 말해요…."

아일라가 내 말을 끊으며 말했다.

아일라는 고양이를 약간 겁먹은 표정으로 보며 내게 다가와 손수건으로 피를 닦아줬다.

대충 손으로 쓸긴 했는데 여전히 묻어있었나 보다.

그녀의 얼굴이 가까이 오자 살짝 긴장했지만 괜찮아졌다.

키 차이 때문에 까치발을 하고 내 입가를 닦아주는 게 얼마나 예뻤는지 모른다.

그대로 아일라의 얼굴을 감상하고 있을 때 아일라가 뒤로 물러났다.

"미안해요."

그녀가 떨어지자 말했다.

"뱀파이어가 피 마시면서 미안하다고 하는 건 뭐에요. 당연한 건데. 조금... 불쌍하긴 해도."

아일라는 웃으며 손수건을 집어넣었다.

"이제 들어가요. 사람들이 우리 얼굴 알았으니 이제 나오면 안 되겠네."

아일라와 난 집으로 돌아갔다.

방에 들어가니 책상에 쪽지가 올려져 있었다.

블레이크가 둔 쪽지였고, 아일라를 방으로 들이라는 말이 적혀있었다.

살짝 걱정됐다.

마을이 난리가 났으니 그도 이 소식을 들었을 테고, 괜히 아일라에게 화를 내는 건 아닌지 걱정됐다.

아일라의 방으로 들어가 그녀에게 소식을 전해줬다.

그리고 아일라와 함께 블레이크의 방으로 들어갔다.

아일라가 방으로 들어간 뒤 문에 귀를 대고 소리를 엿들었지만, 대화 소리는 들리지 않았다.

중간에 블레이크가 소리치는 소리와 뭔가가 부딪히는 소리가 들렸지만, 뭐라고 했는지는 듣지 못했다.

잠시 후 아일라가 밖으로 나왔다.

아일라가 밖으로 나오자마자 질문을 했다.

"괜찮아요? 뭐라고 했어요? 다치진 않았…"

그러다 아일라의 입술에 있는 상처가 보였다.

"여길 물었어요?"

"아, 네."

"치료…는 안 하는 게 낫겠죠?"

"아프긴 한데… 그러는 게 낫겠죠?"

"입술은 치료 못 해줘도 목은 해줄게요. 또 문제 생기겠다."

목에 저 상처 때문에 또 아일라가 곤란해질까 걱정됐다.

블레이크가 무슨 생각으로 아일라의 입술을 물었는지 의문이었다.

솔직히 상처 치료를 핑계로 아일라에게 입 맞추고 싶었다.

입술이 아니지만.

"네?"

나는 아일라의 목에 입술을 댔다.

그리고 곧 입술을 떼고 그녀의 목을 손으로 쓸었다.

"멋대로 어…, 치료한 건 미안해요."

순간 키스라고 말할 뻔했다.

"아, 예."

아일라가 어색하게 대답했다.

"방으로 갈래요…?"

아일라의 대답보다 더 어색한 정적 속에서 내가 말했다.

"네."

나는 아일라를 방에 데려다줬다.

방으로 오고 새벽에 다시 아일라의 방으로 갔다.

그녀를 감시하기 위해.

솔직히 보고 싶어서.

문을 열고 들어갔는데 아일라가 없었다.

"아일라, 아일라?"

바람이 새어 들어오고 그것 때문에 커튼이 가볍게 움직이는 걸 보면 창문을 통해 나간 것 같았다.

"하…, 제기랄."

조금만 더 빨리 올 걸 그랬나.

그나저나 창문은 왜 열려 있는 거지?

이걸 블레이크에게 말해?

말한다면 아일라는 금방 붙잡히고… 죽을 수도 있는데.

그때 창문 밖에서 아일라가 들어오며 말했다.

"저기요, 저 안 도망갔어요."

혹여나 내가 햇빛에 닿을까 조심스럽게 들어온 것 같았다.

"하…, 놀랐잖아요."

그 짧은 순간에 별의별 생각을 다 했다.

"미안해요, 창문이 열리길래 잠깐 나갔는데."

"진짜 놀랐어요. 다음부턴 말없이 나가지 마요."

"미안해요."

정말 놀랐다가 안심했다.

아일라가 어딘가로 떠나가지 않았다는 사실에 안심했다.

"많이 답답했어요?"

"날씨도 좋고 창문 밑에 꽃이 예뻐서요."

"블레이크가 열어 놓은 건가."

"당신이 연 거 아니에요?"

"아니에요."

"신뢰가 좀 쌓였나? 잘하면 방문도 열어주겠네요?"

"가능성이 없지는 않네요."

왜 블레이크는 아일라를 다른 인간들처럼 차갑고 잔인하게 대하지 않을까?

그 점이 제일 궁금했다.

"근데 왜 왔어요? 매일 찾아오네요?"

블레이크가 시켜서, 내가 보고 싶어서, 이 두 가지 이유 때문에.

"사실은 지금까지 여기 있었던 인간들이 전부 죽거나 자살했거든요."

아일라는 그걸 왜 갑자기 말하냐는 표정으로 날 쳐다봤다.

"블레이크 때문이죠? 그 성격으로 버티긴 힘들었겠죠."

아일라는 웃으며 장난스럽게 말했다.

"그런데 당신은 죽게 하기 싫나 봐요. 감시하라고 하더라고요."

"여기서 사는 거 힘들진 않아서 죽을 일은 없을 것 같은데요. 블레이크가 직접 죽이지 않는 이상."

"안 죽여요. 감시까지 하라고 할 정도면 당신이 죽길 바라지 않을 거예요."

그 점은 다행이라고 생각했다.

블레이크가 아일라를 아낀다는 건.

"다행이네요. 다른 사람들과 대우가 좀 달라서. 왜 그런 거지?"

"…성격이 재밌어서 그런 거 아닐까요."

생각나는 것 아무거나 말했다.

"내가 그래요?"

"당신이랑 같이 있으면 재밌어요."

"다행이네요. 운 좋은 거죠."

아일라는 뒤돌아 커튼을 만지작거렸다.

햇빛이 확실하게 안 들어오는지 확인하는 것 같았다.

"이제 가볼게요."

"잘 가요."

아일라에게 화냈던 게 미안해져서 얘기라도 하려고 그녀의 방으로 갔다.

방으로 들어가니 아일라는 자고 있었다.

오래 자는 것 같은데 잠이 많은 건지, 할 일이 없어서 자는 건지 모르겠다.

창문이라도 열어두면 되겠지.

흐트러진 머리카락을 정리해주고 있는데 아일라가 눈을 떴다.

아일라는 나를 보자마자 숨을 들이마셨다.

놀라서 비명조차 안 나오는 것 같았다.

나는 놀라기도 하고 좀 창피해져서 손을 내리고 아일라를 내려다봤다.

그 어색한 정적 속 아일라가 말했다.

"왜…, 왜 여깄어요?"

아일라의 목소리를 듣자 정신을 차렸다.

하지만 대답하지 않았다.

뭐라고 대답해야 하는지 몰랐다.

사실대로 말하기엔 온 이유가 이상했다.

화를 낸 게 미안해서 왔다고 하면, 미친 뱀파이어 취급이나 안 하면 다행이지.

"저기요…?"

"사과하려고."

이 망할 놈의 입이 혼자서 떠든다.

"…예?"

아일라도 당황한 것 같았다.

그냥 포기하고 말하자 싶었다.

"윽박지르고 화냈던 거, 사과하려고."

사실대로 말하기로 했지만, 목소리가 점점 작아졌다.

아일라는 그게 웃긴지 웃었다.

나는 그녀를 쳐다봤는데 아일라는 그 눈빛이 무서웠나 보다.

아일라는 웃음을 그쳤다.

하지만 얼굴에 미소는 그대로 있었다.

이반 앞에서 보여줬던 그 상냥한 미소였다.

내 앞에서는 두려워하기만 했다가 내 눈앞에서 이런 미소를 지어 보이니 기쁘지 않을 수가 없었다.

"왜 웃어?"

"이런 면이 있는 줄 몰라서요. 냉혈한인 줄 알았는데."

"차갑게 구는 걸 고칠 필요가 있어…."

조용히 중얼거렸다.

"뭐라고요?"

"궁금해할 거 없어."

"근데 진짜 사과만 하려고 온 거예요?"

"그러면 뭐, 네 목이라도 물까?"

"아뇨!"

아일라가 급하게 소리쳤다.

그게 귀여워 자연스럽게 피식 웃었다.

"아프단 말이에요…. 거기다 목이면 얼마나 아프겠어요, 그렇죠?"

그렇게 말하는 아일라를 놀리고 싶어졌다.

"네가 아프든 말든 내 알 바 아니지 않나?"

"진짜 물 거예요…?"

아일라가 조심스럽게 물어봤다.

"안 할게, 안 하면 되잖아."

그냥 그녀가 귀여웠다.

저절로 웃음이 새어 나오게 만드는 여자였다.

"좀 웃고 다녀요. 완전 무섭단 말이에요. 웃으니까 훨씬 잘생겼네."

아일라가 내게 무섭다고 한 것과 잘생겼다고 한 것에 충격받았다.

하지만 티 내진 않았다.

"그럼 앞으로 웃으면 안 되겠네."

"쳇."

팔짱을 끼며 입술을 내밀고 볼에 바람이 들어간 전형적인 '삐친' 그녀의 표정이 마음에 들었다.

마치 어린아이 같았다.

한 마디로 귀여웠다.

"이리 와."

팔을 뻗으며 말했다.

그녀는 귀여웠던 '삐친' 표정을 풀고 충격받은 듯한 표정으로 말했다.

"네?"

"얼른."

"…안기라고요?"

나는 작게 한숨을 쉬고 아일라에게 다가가 그녀를 껴안았다.

인간을 안는 건 처음이었다.

아일라의 체구가 너무 작아 한 팔로도 안을 수 있을 것 같았다.

그것 때문에 웃음이 나왔다.

그녀는 긴장한 건지 굳어있었다.

나는 아일라를 잠깐 떼어놓고 아일라의 목을 물었다.

나도 모르게 저지른 일이었지만, 멈추진 않았다.

"아…!"

잠시 후 나는 입술을 뗐다.

아일라는 눈물이 맺힌 눈으로 나를 째려봤다.

하지만 원망이 섞인 눈빛은 아니었다.

눈물 때문에 아일라의 눈에 내가 비쳤고, 내가 그녀를 향해 따뜻한 미소를 짓고 있다는 걸 알았다.

"왜 울어. 내가 나쁜 사람 된 것 같잖아."

"나쁜 거 맞잖아요. 그리고 사람도 아니면서 나쁜 사람은 무슨…."

아일라가 눈물을 옷 소매로 닦으며 말했다.

"그렇게 아파?"

"당연하죠, 목을 무는데. 나도 콱 물어버려?"

뭔가 그녀가 당황하는 걸 보고 싶었고 나는 고개를 들며 말했다.

"물어봐."

하지만 아일라는 당황하지 않고 웃으며 내 목을 무는 시늉을 했다.

"이거 얼마나 아픈지 알아요?"

"나야 모르지."

"당연히 모르죠."

"미안해."

그러자 아일라가 씨익 웃었다.

그녀와 좀 친해진 것 같아서 좋았다.

아일라가 나를 조금이라도 편하게 생각한다는 뜻이기도 하니까.

"이반은 상처 치료해주던데 누구는 상처를 만들고 참."

아일라는 장난으로 말한 것 같았지만, 나는 장난으로 받아들이긴 힘든 말이었다.

"왜… 그래요? 제가 뭐 잘못했어요?"

아일라는 내 표정을 보더니 미소가 사라졌다.

"됐어, 갈게."

"네? 아, 잘 가요."

아일라는 당황스러운 것 같았지만, 딱히 나를 붙잡지는 않았다.

잠시 후, 마을이 난리가 났다.

직접 본 건 아니지만.

그 소란의 중심이 이반과 아일라라는 사실을 알자마자 책상 위에 있는 모든 물건을 다 부술 뻔했다.

한참을 걱정하다 이반에 방에 쪽지를 두고 왔다.

만약에 둘이 무사히 돌아온다면 저 쪽지를 볼 수 있겠지.

다행히 둘은 멀쩡한 모습으로 돌아왔고 곧 아일라가 방문을 두드리는 소리가 들렸다.

아일라가 들어오자 나는 그녀에게 말을 걸었다.

"어디 갔다 왔어?"

"그냥 시장이요."

"왜?"

"배고파서요."

"그러니까 왜."

"왜 배가 고프냐는 말이에요? 며칠 동안 굶었으면 배고픈 건 당연하죠."

"마을이 난리가 났던데."

"아…, 죄송해요."

"둘 다 잘못됐으면 어쩔 뻔했어!"

소리치며 책상을 쾅 쳤다.

아일라는 살짝 움찔했지만 가만히 있었다.

"죄송해요."

아일라가 바닥을 쳐다봤다.

저 여린 성격으로 이런 일에 휘말린 건 견디기 힘들겠지.

살짝 미안해졌다.

나는 아일라에게 다가갔다.

한 걸음만 더 간다면 그녀의 머리가 내게 닿을 정도의 거리가 됐을 때 멈췄다.

아일라는 고개를 들었고, 나는 아일라의 뒷목을 잡고, 그녀의 입술에 내 입술을 맞댔다.

그녀는 놀랐는지 가만히 있었다.

갑자기 정신이 번쩍 들었고 그녀를 밀쳤다.

그녀를 쳐다보니 입술에 빨간 피가 맺혀 있었다.

나도 모르게 깨문 것 같았다.

한숨을 쉬고 책상에 손을 올려 기댔다.

"나 그냥 미친 거겠지…. 그래, 그냥 미친 거야…."

"저기요, 괜찮아요…?"

중얼거리고 있을 때 뒤에서 아일라가 말했다.

"나가."

"네?"

"나가라고."

"…네."

아일라는 밖으로 나갔고 나는 한동안 그 자세로 계속 중얼거리기만 했다.

Isla Walker
아일라 워커

3. 그 생각

3. 그 생각

행복하지만 심란한 요즘, 오랜만에 악몽을 꿨다.

다신 보고 싶지 않은 그 사람의 얼굴과 그 일을 꿈에서 다시 봐야 했다.

잠에서 깨니 이마에서 식은땀이 흐르고 있었다.

땀을 닦고 무릎을 팔로 감싸 몸을 움츠렸다.

지금은 잘 지내더라도 다시 그 일이 반복될 수 있을 것 같았다.

창문을 열고 창가에 앉았다.

찬 바람과 반짝거리는 별이 '그 생각'을 조금씩 잊혀지게 만들었다.

완전히 잊지는 못하겠지만 잊혀간다는 그 느낌이 좋았다.

그대로 창가에서 일어나 정원을 산책했다.

그러다 커튼을 걷고 하늘을 보고 있던 블레이크가 보였다.

블레이크는 날 보더니 놀란 것 같았다.

나는 그의 앞으로 다가가 창문에 입김을 불어 뿌옇게 만들고 글씨를 썼다.

'걱정 마요. 창문이 열려 있어서 잠깐 나온 거지, 도망치려는 것 아니니까요.'

글씨를 거꾸로 쓰느라 살짝 오래 걸리고 글자 몇 개를 반대로 썼지만 완성하기는 했다.

블레이크는 글씨를 보더니 피식 웃었다.

그리고 자신도 글씨를 썼다.

거꾸로 썼지만 아주 능숙하게 썼다.

'언제까지 밖에 있을 거야? 감기 걸려.'

글씨를 쓰려고 손가락을 들었지만 고민했다.

어떻게 써야 할지 잠깐 망설이다 글씨를 썼다.

'잠깐 산책하다가 갈 거예요.'

'근데 왜 나왔어?'

'악몽 꿨는데 바람 쐬면 괜찮아질 것 같아서요.'

살짝 망설였지만, 완벽하게 적었다.

좀 뿌듯해서 작은 미소를 지었다.

'괜찮아?'

'완전요.'라고 적으려고 창문에 입김을 불려고 했을 때 블레이크도 가까이 다가왔다.

창문 하나를 사이에 두고 입이 닿는 것 같은 상황이 만들어졌고, 당황해서 얼굴을 뒤로 뺐다.

블레이크는 웃더니 창문을 열었다.

"뭐야, 열려 있었어요? 진작 열지, 글씨 거꾸로 쓰는 거 얼마나 힘들었는데."

나는 방 안으로 들어가며 말했다.

"수고했어."

블레이크가 웃으며 내 머리를 쓰다듬었다.

"이리 와."

"네?"

블레이크는 전처럼 나를 안아줬다.

어리둥절하면서 당황한 채로 가만히 있을 때 위에서 낮은 목소리가 들렸다.

"무슨 악몽 꿨어?"

"아, 그냥 뭐, 평범한."

"무슨 꿈 꿨냐고."

블레이크가 웃으며 말했다.

"…안 좋은 기억."

분위기가 변할 걸 느낀 건지 한동안 아무 소리도 들리지 않았다.

그냥 블레이크가 숨을 쉬는 것만 느껴졌다.

숨을 쉬는 건 느껴졌지만, 심장이 뛰는 건 느껴지지 않았다.

"무슨 기억인지 말해줄 수 있어?"

"보통 명령하지 않아요?"

대화 주제를 바꾸고자 웃으며 말했지만 통하지 않았다.

"그럼 그러지 뭐, 말해."

"굳이 그래야 해요?"

"응, 굳이 그래야 해."

"우울한 이야긴데."

"내 인생 자체가 우울했어, 얼른."

"옛날에…"

"응, 옛날에."

그가 내 말을 따라 했다.

"아버지한테 좀 맞았어요. 그게 좀 힘들었는데 꿈에 나와서요."

날 안고 있는 그의 팔에 힘이 좀 들어갔다.

"괜찮아?"

"당연하죠. 한참 지났고, 지금 날 아플 만큼 세게 안고 있는 뱀파이어한테 납치당해서 안전하거든요."

"잡아 오길 잘했네. 이렇게 위험하게 사는 줄 알았으면 더 빨리 납치할 걸 그랬나."

"원래도 안전했어요. 그냥… 안전하지만 비참하게 살고 있었던 것뿐이죠."

"지금은 행복하잖아, 나 덕분에."

"네, 덕분에 행복하네요."

웃으며 말했다.

블레이크는 나를 꼐안은 채 걸어갔다.

그리고 본인의 침대에 누웠다.

나는 그냥 그의 품에 안겨서 가만히 있었다.

"이제 자."

"네?!"

깜짝 놀라서 일어나려 했지만 블레이크의 팔 때문에 실패했다.

"무슨 소리예요…!"

"이상한 생각 하지 말고."

"이상한 생각은 무슨…."

"안은 채로 자라고 하니까 화들짝 놀라던데 정말 아무 생각도 안 했어?"

"왜 이렇게 친절해졌나 궁금해하는 것도 이상한 생각에 포함된다면, 네,

이상한 생각 했어요."

뭔가 어감이 이상했지만, 또 그에게 지긴 싫었다.

"또 악몽 꾸면 내가 목을 물어서라도 깨워줄 테니까 편하게 자."

진 것 같다.

"절대 악몽을 꾸면 안 될 것 같은 느낌인데… 무섭네요."

"얼른 자라."

그가 나를 더 세게 껴안았다.

"그럼 좀 자유롭게 자게 해줘요. 힘 좀 빼고."

그러자 블레이크가 팔의 힘을 좀 풀었다.

"됐지? 피 다 마셔서 쓰러지게 하기 전에 얼른 자."

"네에…."

눈을 감았지만 잠이 오지 않았다.

"잠 안 오는데요."

"뭘 기대했어? 노래라도 불러줘?"

"전혀 기대하진 않았지만 그럼 고맙죠. 노래 잘해요?"

"기대하지 않았으면 계속 기대하지 마."

"당신의 말 때문에 갑자기 기대돼요."

"…입 닥쳐."

"악몽을 꾼 인간이 이렇게 기대하는데 닥치라고요?"

"인간의 자장가를 내가 어떻게 알겠어. 차라리 네가 나한테 불러줘야지."

"내가 왜 당신한테 노래를 불러줘요? 바보."

"악몽을 꿨던 인간을 안고 있는 뱀파이어가 이렇게 기대하는데 바보라고?"

"뱀파이어에게 들려줄 자장가를 내가 어떻게 알겠어요."

그가 내 말을 따라 했고 나도 그의 말을 따라 했다.

블레이크는 아무 말 없이 나를 안고 있었고 정적이 흘렀다.

그리고 나는 팔을 뻗어 그를 안았다.

블레이크는 살짝 놀란 것 같았지만, 가만히 있었고 나는 입을 열었다.

블레이크는 잠시 말이 없다가 말했다.

"노래 잘하네."

"그럼 이제 당신도 불러줘야죠?"

"난 네가 진짜 부를 줄 몰랐는데."

"불러줘요."

블레이크는 가만히 있다가 노래를 불렀다.

나는 벙쪄 있다가 말을 걸었다.

"인간 자장가 모른다면서."

"네가 부를 때 외웠는데. 난 너보다 똑똑하거든."

"한 번 듣고 외우는 건 똑똑하고 말고의 문제가 아니거든요?"

"너무 똑똑해서 다 외워버렸어."

"잘 부르네요."

"내가 목소리가 좀 좋아야 말이지."

맞는 말이라 딱히 대답하기 싫어 그냥 눈을 감았다.

잠이 안 오지만 억지로라도 자야 할 것 같았다.

한참 후 눈을 감고 있을 때 그의 목소리가 들렸다.

"아일라, 자?"

이름을 불렀네.

무슨 말을 하는지 들으려고 자는 척했다.

전에는 자는 척하는 것 알아봤으면서, 오늘은 못 알아보는 게 이상했다.

무슨 말 하는지 다 듣고 나중에 놀려먹어야지.

"요즘에 좀… 불안해. 직감이란 게 있잖아. 심각한 일이 일어날 것 같아."

이상한 일이고 뭐고 그런 거에 관심은 없지만 뭔가 분위기가 심각했다.

원래 혼잣말을 많이 하는 성격인가.

"들을 순 없겠지만 내가 짜증 내도 속상해하진 마. 이 더러운 성격 고치려고 노력 중이야."

순간 웃음이 터져 나올 뻔했다.

"사과를 어떻게 해야 하는지 몰라서 안 하는 거니까 성격 고쳐질 때까지 좀 버텨줘."

"지금까지 잘 버티고 있었는데, 더 버텨요?"

뒤로 돌면서 그를 바라봤다.

블레이크는 놀란 것 같았다, 아니, 놀랐다.

"안… 자고 있었어?"

"네."

"어디까지 들었는데."

"처음부터 끝까지 전부 다."

"제기랄…"

그가 조용히 욕을 중얼거렸다.

"그 '더러운 성격' 고치려면 욕부터 그만해야겠는데요."

"입 닥쳐…."

"입 닥칠 테니까 당신도 입 닫고 자요."

블레이크의 입술에 손가락을 두고 말했다.

"뭐하냐."

"쉬이…."

입에 대고 있던 손을 떼고 그의 눈을 가렸다.

블레이크는 피식 웃더니 내 손 위에 자기 손을 올리고 몸을 돌렸다.

"뭐해요?"

"뱀파이어랑은 다르게 손이 따뜻하길래."

그러고 보니 내 손 위의 그의 손은 차가웠다.

신기하다기보다는 동정심이 느껴졌다.

왜인지는 모르겠지만, 사람의 온기를 못 느껴봤다는 말로 해석해서가 아닐까?

생각을 읽는 게 아닐까 의심했을 정도로 내 마음을 다 알아냈는데 눈을 가려서인지 아무 말도 없었다.

나는 그를 안았다.

덩치 차이 때문에 안기는 게 맞다고 할 정도였지만, 어쨌든 그가 나를 안았던 것처럼 나도 그를 안았다.

"뭐해?"

"뱀파이어랑은 다른 인간의 온기 잔뜩 느끼라고요."

"넌 진짜 못 말린다."

"말리지 마요. 내가 뭘 하든 당신은 웃던데. 뭐가 웃긴지는 몰라도 웃기면 좋은 거 아니에요?"

"웃는 게, 웃겨서 웃는 줄 알아?"

"그럼 뭔데요?"

"알 거 없어."

"아, 뭐야. 실컷 궁금하게 해놓고."

"이 더러운 성격으로는 너한테 실망감을 줄 수밖에 없네. 미안하다."

"그 더러운 성격으로 나한테 기쁨을 줄 수는 없어요?"

그러자 그가 자신을 안고 있던 내 손을 떼고 내 눈을 바라봤다.

살짝 당황했지만 나도 가만히 그의 눈을 바라봤다.

"내 얼굴."

"뭐요?"

"너한테는 내 성격이 아니라 이 잘생긴 얼굴로 기쁨을 줘야지."

좀 어이가 없으면서 웃겼다.

하지만 부정하지는 못했다.

그는 내가 본 사람…은 아니지만, 어쨌든 가장 잘생겼기 때문이다.

"왜? 너무 맞는 말이라 아니라고 못 하나?"

"아니거든요. 너무 어이가 없어서 그래요."

"내가 좀 잘생기긴 했어."

"닥치고 자요, 얼른."

"닥치라니, 너무하네."

"자기는 더한 말도 하면서."

"…미안."

그 말에 웃음이 터졌다.

"당신이 사과할 때마다 왜 이렇게 웃긴지 모르겠네요."

"그러게, 왜 웃길까. 웃길 만한 일이 전혀 아닌데."

"내가 뭘 하든 웃는 당신이 할 말은 아니지 않아요?"

"흠…, 네가 이런 기분이었을까."

"제가 특별히 용서해드리죠."

"이제 그럼 자자, 꼬맹아."

"꼬맹이는 무슨. 나이 비슷해 보이는데."

"내가 뱀파이어라는 건 까먹었나 봐?"

"그래서 나보다 나이가 많다?"

"훨씬."

"그럼, 할아버지, 얼른 주무셔야죠."

"할아버지라기엔 너무 잘생겼는데."

나는 그의 두 어깨를 잡고 돌려 그가 천장을 바라보게 했다.

"더 말하면 나 그냥 갈 겁니다."

그는 고개를 끄덕였다.

더 말하면 간다고 하니까 대답을 안 하고 고개를 끄덕이는데, 그게 은근 어린아이 같았다.

피식 웃고 나도 천장을 바라봤다.

두 손을 모은 채 천장을 바라보며 조용히 눈을 감고 잠을 청했다.

다음 날 잠에서 깨어나 눈을 비비며 일어났다.

"머리가 엄청 부스스한데? 양처럼."

뒤에서 블레이크의 목소리가 들렸다.

그는 나를 쳐다보지도 않은 채 책을 읽고 있었다.

살짝 부끄러워 침대에서 일어나 거울을 봤다.

그런데 머리는 약간 흐트러진 것만 빼면 평소랑 똑같았다.

뒤돌아서 그를 째려봤다.

"원래 살짝 곱슬거리는 거지, 양처럼 부스스한 게 아니거든요? 놀랐잖아요."

"내 앞에서 잘 보이고 싶은데 머리가 양 같다고 해서?"

"되도 않는 소리."

"원래 곧게 핀 생머리였는데?"

"뭐요? 나한테 그렇게까지 관심이 없었어요? 너무하네…."

"농담이야."

그가 웃으며 책을 덮었다.

그리고 다가와 아주 약간 흐트러진 머리를 손으로 정리해줬다.

"아침 먹을 시간이야."

어리둥절한 표정으로 가만히 서 있을 때 그가 고개를 돌려 내 목을 물었다.

"아!"

그리고 곧 그가 입을 뗐다.

"이게 지금까지 당신이 물었던 것 중에서 가장 아팠어요."

"미안해."

블레이크가 웃으며 말했다.

"그럼 이제 너도 아침 먹을 시간이지?"

"네?"

"며칠 동안 굶었잖아. 이러다 죽겠다."

"이반이랑 똑같은 얘기하네요. 이 정도로 안 죽는다니까. 엄청나게 배고 프긴 해도."

"가자, 얼른."

그가 내 손을 잡고 밖으로 나갔다.

그리고 어딘가로 향했는데 그 덕분에 처음으로 집 안을 구경할 수 있었다.

블레이크는 나를 부엌 같은 곳으로 데려갔고, 그곳에는 주방장으로 보이 는 누군가가 있었다.

새하얀 식탁보 위에 고급스러운 컵과 스테이크 접시가 있었다.

블레이크는 컵이 올려져 있는 자리에 앉았고, 나는 가만히 서있었다.

그때 주방장으로 보였던 그 남자가 의자를 뒤로 끌었다.

그 소리에 살짝 움찔했다.

나는 눈치를 보다 조용히 다가가 의자에 앉았다.

"여기 당신이랑 이반만 사는 거 아니었어요?"

블레이크 쪽으로 몸을 숙여 속삭이며 말했다.

물론 당연히 옆에 있던 남자에게도 들리는 걸 알았지만.

"당연히 아니지. 네가 방 안에만 있어서 몰랐던 거야."

블레이크가 컵을 손으로 빙글빙글 돌리며 말했다.

"가둬둔 거면서."

"먹기나 해."

나는 옆에 있던 포크와 나이프를 들어 고기를 썰기 시작했다.

인간이 아닌 존재가 만든 것 치곤 꽤 맛있었다.

"뱀파이어가 만든 것 치곤 꽤 맛있다는 표정이네."

블레이크가 말했다.

그를 쳐다보자 그는 아까처럼 나를 쳐다보지도 않고 있었다.

"잘 아네요. 꽤 맛있는데요?"

"난 피만 마시니까 쓸모는 없지만, 요리는 잘하더라고."

"여기 몇 명이나 있어요?"

"나야 모르지."

"관심 좀 가져요. 돈은 주고요?"

"뱀파이어가 돈이 왜 필요해."

그가 피식 웃으며 말했다.

"그럼 뭘 주고 고용한 건데요?"

"인간이 아닌데 인간 세계에서 살 수 있을 것 같아? 여기라도 안 오면 죽으니까 어쩔 수 없는 거지."

"불쌍하네요."

"가끔 인간의 피를 주는 조건도 있어."

"그럼 지금까지 여기 잡혀 온 사람들은 당신한테도 피를 주고 저 뱀파이어들한테도 피를 준 거예요?"

"그러다 죽었던 거고."

"좀 친절하게 대해주지, 너무 불행하게 죽은 거잖아요."

"나와는 상관없는 일이야."

"잔인하네요."

"지금까지 딱 한 명 탈출한 인간이 있긴 했어."

"어떻게 살고 있대요?"

관심이 생겨 웃으며 말했다.

"어떻게 살고 있는지는 모르지. 그때 죽여버렸어야 했는데."

블레이크의 눈빛이 살벌했다.

"한 명이라도 살았으면 다행이지 않아요?"

"뱀파이어라고 소문내고 다녔어. 처음에는 미친 여자라고 낙인찍혔는데, 요즘엔 좀 바뀌는 것 같아."

그때 시장에서 들었던 이름인 헤이즐이 떠올랐다.

"혹시 그 여자 이름이… 헤이즐이에요?"

"…어떻게 알았어?"

"전에 시장에서 들었어요."

"그 여자 때문에 너랑 이반이 위험해진 거나 다름없잖아. 그때 죽었어야 했어."

"그 여자도 살기 위해 도움을 청한 건데 미친 취급 받으면 더 절망적이죠."

"절망적이든 말든 그 정도 대가는 치러야지."

"지금 어떻게 살고 있는지 궁금하네요. 좀 편하게 살고 있으면 좋을 텐데."

고기 쪽으로 시선을 돌리며 말했다.

그 살벌한 눈빛이 감당되지 않았다.

"편하게 못 살아."

그가 피식 웃으며 말했다.

웃겨서 웃는 것이 아닌 비웃음이 섞인 웃음이었다.

"여기로 오기 전에도 편하게 산 적은 없었어."

나는 조용히 그의 말을 들었다.

블레이크의 목소리에 경멸만이 담겨 있었기 때문에 함부로 말을 꺼낼 수 없을 것 같았다.

"남자친구나 가족은 다 죽었고, 가족이 죽기 전에는 실컷 맞았…"

그가 멈칫했다.

그리고 난 비웃음이 섞였던 그의 입꼬리가 내려가는 걸 봤다.

나도 멈칫했다.

블레이크가 말을 멈춘 건 내가 어제 했던 말 때문일 것이다.

아버지한테 맞았다는 그 말.

그리고 그가 나를 슬쩍 쳐다보는 게 느껴졌다.

나는 포크와 나이프를 내려놨다.

"그…, 미안한데 먼저 가볼게요."

블레이크는 아무 말도 없었다.

나는 그대로 방으로 올라왔다.

그가 내게 하는 말이 아니었던 걸 알았지만, 괜찮은 척하기가 힘들었다.

나는 거울을 보고 긴 머리카락을 들어 올렸다.

그러자 목의 흉터가 보였다.

한숨을 쉬고 거울에 비친 목을 바라봤다.

"그건 무슨 상처예요?"

그때 뒤에서 목소리가 들렸고 흠칫하며 거울을 봤다.

그러자 침대에 걸터앉아 있는 이반이 거울에 비쳤다.

"놀랐잖아요. 기척도 없이…."

"미안해요. 블레이크가 갑자기 서둘러 가보라고 해서."

설마 내가 본인 말 때문에 자살할 거라 생각해서 이반을 보낸 건가?

"뭐, 전 살해 당하기 전에 혼자 죽을 일은 없으니 걱정 마요."

"네, 걱정 안 할게요. 그래서, 그 상처 없애줄까요?"

이반이 일어나며 말했다.

"이거 상처 아니고 흉터에요. 괜찮아요."

이반은 내게 다가와 머리를 올리고 목의 흉터를 만지작거렸다.

"이 정도면 상처가 꽤 깊었겠는데요. 어쩌다가 다쳤어요?"

"기억이 안 나네요. 미안해요."

"되게 슬픈 눈빛으로 쳐다보던데, 거짓말하지 말고요."

"…그럼 블레이크한테 들어요. ─직접 말하기엔 아직 좀 힘들어요."

이반도 심상찮다는 걸 느꼈는지 아무 말 없이 손을 내렸다.

머리가 스르륵 내려왔고, 이반은 머리를 귀 뒤로 넘겨줬다.

"다치지 마요."

"이왕 온 김에 같이 있어 줘요."

이반은 어깨를 으쓱하더니 침대에 앉았다.

"딱히 할 말은 없는데, 혼자 있으면 잘 것 같아서요. 그럼 또… 악몽 꿀까 봐…."

이반은 피식 웃더니 내 어깨를 잡고 살짝 당겨 어깨에 기대게 했다.

"어제 악몽 꿨어요?"

"네."

"무슨 꿈이었는데요?"

"…그것도 블레이크한테 들어요."

그가 내 어깨를 토닥여줬다.

"나한테도 좀 의지해주면 안 돼요?"

그때 그가 중얼거렸다.

"네?"

"아니에요."

그 중얼거리는 소리를 난 분명히 들었다.

"미안해요. 근데… 말하기 힘들어요."

"이해해요. 블레이크한테 들을게요."

이해 못 하는 거 안다.

그런데 말하고 싶어도 말할 수 없었다.

그의 배려에 고마워서라도 그가 원하는 걸 들어주고 싶었지만 어쩔 수 없었다.

"블레이크가 안 말해주면 내가 얘기해줄게요."

"네, 그렇게 해요."

"…졸리네요."

그렇게 말하며 일어났다.

"더 있다간 잠들겠어요."

"자도 되는데."

이반이 웃으며 말했다.

"악몽 꾸기 싫어요. 너~무 무서워서."

"귀신이라도 나오나 봐요?"

"뱀파이어랑 같이 사는데 귀신 나온다고 무서워하겠어요?"

"어떻게 할 거예요? 꿈꾸기 싫다고 안 잘 수는 없잖아요."

"나가면 안 돼요? 물론 해 지고 나서. 그러면 밤에 잘 잘 수 있을 것 같기도 하고?"

씨익 웃으며 말했다.

"나간다고요? 어딜요?"

"정원에서 잠깐 산책하든지, 아니면 사람들 눈 피해서 나갔다 오든지, 어쨌든 나가고 싶어요."

"정원은 창문으로 나가봤죠?"

"네, 어제도 나갔어요."

"그럼 나가죠. 저녁에, 사람들 눈 피해서."

"그때까지 뭐하죠?"

"뭐, 그냥 시간 떼워야죠."

"여긴 책 같은 거 없어요?"

"많죠. 가볼래요?"

"네."

이반은 나를 어떤 방으로 데려갔다.

그 방문을 열자 엄청난 양의 책꽂이와 책이 있었고, 그냥 도서관이라 하는 게 맞을 정도였다.

"이걸 다 볼 수는 있어요?"

"당연히 못 보죠."

이반이 앞으로 걸어가며 말했다.

나는 뒷짐을 지고 천천히 걸어가며 구경했다.

그런데 내 뒤의 책장에서 자꾸 끙끙거리는 소리가 들려왔다.

책을 꺼내려다 말고 뒤를 돌아보니 책장 옆에 빨간 액체가 쏟아져 있었다.

인상을 살짝 찌푸렸다가 그쪽으로 조심스럽게 다가갔다.

소리가 난 곳에는 한 남자가 있었고, 그의 밑에 병과 그것에서 쏟아져 나온 피가 있었다.

남자는 아주 괴로워 보였고, 그 모습에 쉽게 말을 걸 수 없었다.

그때 그 남자가 나를 쳐다봤다.

그의 눈은 빨간색이었고, 난 그것으로 내가 위험할 수도 있다는 생각이 들었다.

하지만 몸은 움직이지 못했다.

남자는 나를 쨰려보며 천천히 다가왔다.

그제야 몸이 움직여졌고, 나는 뒷걸음질 쳤다.

그 남자는 다가오는 속도를 살짝 높였고, 그는 내 목을 물려고 했다.

눈을 질끈 감고 있었는데 아무 아픔도 느껴지지 않았다.

그래서 조심스럽게 눈을 떠보니 그 남자는 불타고 있었다.

입을 틀어막고 그를 쳐다보고 있을 때 뒤에서 인기척이 느껴졌다.

뒤를 돌아보니 이반이 내 쪽으로 다가오고 있었다.

이반은 갑자기 날 끌어안았다.

워낙 세게 안는 바람에 '윽' 소리가 났지만, 그는 신경 쓰지 않는 듯했다.

"저기요…?"

이반은 뜨끔하더니 나를 놔줬다.

"괜찮아요?"

그가 내 두 어깨를 잡으며 말했다.

"괜찮은데 저 남자는…."

이반이 내 어깨를 잡고 있었기 때문에 몸을 돌리진 못했지만, 고개를 돌리며 말했다.

"죽었어요."

"죽었…다고요…."

"일단 가요."

"…네."

이반은 나를 방으로 데려다줬다.

아까 그 남자 때문에 마음이 편하지 못했다.

"너무 불쌍하게 생각하진 마요. 아니었으면 당신이 죽었어요."

"네."

목소리가 떨릴 걸 예상해서 짧게 대답했다.

그 때문에 목소리가 차가웠을 것이다.

그렇게 정적이 흘렀다.

"저기, 나중에 다시 올래요? 너무 어색해서 못 견디겠는데요."

이반은 피식 웃더니 일어났다.

그렇게 나갔으면 좋았겠지만, 반대로 내게 다가와 내 이마에 입을 맞추고 나갔다.

문이 닫히고 한 5초 후 목소리가 입 밖으로 나왔다.

"으에?!"

말이 아니었지만.

이러면 나중에 민망해서 어떻게 보냐고!

그대로 벙쪄서 눈만 깜빡거리고 있었다.

그 표정 그대로 일어나 창문을 열었다.

바람을 쐬니까 슬슬 정신이 돌아오는 것 같았다.

속으로 '뭐지'만 반복하며 밖을 구경했다.

생각에 잠겨 풍경이 눈에 들어오진 않았지만, 딱히 표현할 말은 없었다.

꽃을 바라보고 있으니 별생각이 다 들었다.

저 꽃들을 관리하는 건 누굴지, 내가 살던 집에도 저런 꽃이 있었다면 등의 생각.

책 읽으려다 봉변당하고 이반과도 어색해서 할 게 없었다.

'지루하다'라는 단어가 지금 상황에서 가장 잘 어울릴 것 같았다.

이대로 어떻게 저녁까지 기다릴 수 있을지 궁금했지만, 어찌어찌 저녁이 오긴 했다.

그 몇 시간이 몇 년 같았다.

거의 종일 창가에만 앉아 있었는데 그 덕분에 해가 지는 걸 볼 수 있었다.

하늘이 빨갛게 물들고 해가 점점 사라졌다.

곧 해는 완전히 사라졌고, 하늘이 깜깜해졌다.

별은 많지 않았지만, 충분히 예뻤다.

계속 앉아 있어 허리가 아팠고, 일어나서 기지개를 켰다.

그때 이반이 들어왔다.

"이제 저녁이니까 갈까요?"

"으아~, 네, 가요."

쭉 편 팔을 내리며 말했다.

밖으로 나오자 전에 봤던 길이 보였다.

"그래서, 뭐 하고 싶은데요?"

"그냥 산책이나 하죠."

그렇게 둘 다 아무 말 없이 걷기만 했다.

나는 하늘을 보며 이반은 앞만 보며.

그때 그가 갑자기 말을 걸었다.

"잠깐 저기서 기다릴래요?"

"네? 어디서요?"

"옆에 골목에서요."

옆을 쳐다보니 주변보다 좀 더 어두운 골목이 있었다.

"왜요?"

"뭐 좀 사오려고요."

"조심해요, 사람들이 알아보면 큰일이잖아요."

"네, 금방 올게요. 잠시만 기다려요."

벽에 기대서 이반을 기다리고 있을 때 옆에서 목소리가 들렸다.

"애인도 생기고, 편하게 사나 봐?"

익숙한 그 목소리에 움찔하며 옆을 쳐다봤다.

골목이라 도망칠 곳은 없었고, 그냥 그를 노려볼 뿐이었다.

"헛소리하네."

"대드는 거 보니 옛날 일은 다 잊었나 봐?"

갈라지면서 끔찍한 목소리가 귓가에 울렸다.

"뱀파이어가 나타났다길래 구경하러 왔더니, 아주 반가운 사람을 만났어?"

"꺼져."

"아빠한테 말버릇이 뭐니."

"아빠는 무슨. 당신이 왜 내 아빠야. 꺼지라고."

그대로 그를 지나쳐 가려고 했지만, 그는 내 머리채를 낚아챘다.

"아악!"

그리고 그대로 나를 끌어서 가려던 걸 붙잡았다.

"왜 이래. 지금까지 연 끊고 잘 살았으면서."

"네가 네 엄마 데리고 도망친 거지, 내가 널 보내 준 적은 없는데."

"내가 그대로 있었으면 다 죽었을 테니까, 이제 좀 가게 해줄래?"

"까부네? 살맛 나나 봐?"

그가 발로 내 배를 차며 말했다.

외마디 신음을 흘리고 쓰러졌다.

벽을 잡고 일어나려 했지만, 그는 내게 다가오더니 때리기 시작했다.

한참을 실컷 두들겨 맞고 있을 때 그가 내 앞에서 쓰러졌다.

놀라고 어리둥절한 채로 조심스럽게 일어나려다 비틀거렸다.

그때 누군가 나를 부축해줬다.

그 사람을 쳐다보니 그는 이반이었다.

"왜 여기 있어요…?"

"비명이라도 질렀어야죠!"

"…네?"

"도와달라고, 살려달라고 소리쳤어야죠. 내가 오기 전에 아무나 발견하게!"

그는 내 두 어깨를 잡고 소리쳤다.

나는 고개는 숙이지 않고 바닥을 쳐다보다 그의 손을 가볍게 뿌리치고 앞으로 걸어갔다.

어차피 멀리까지 나오진 않았으니 돌아가긴 쉬울 것이라 생각했다.

나는 그대로 집으로 돌아갔다.

이반이 뒤따라오든 말든 최대한 신경 쓰지 않으려 했다.

당연하게도 블레이크는 방 안에 있었고, 나는 그 누구도 마주치지 않고 방으로 들어올 수 있었다.

침대 기둥에 머리를 기댄 채 넋을 놓고 있었다.

상처를 치료할 수 있는 건 아무것도 없었기 때문에 그냥 있기로 했다.

하필 옷이 흰색이라 피로 물들었지만, 이반 말고 날 본 사람은 없이 피하기만 하면 될 것 같았다.

그때 누군가 문을 열려고 했다.

아마도 이반일 것이다.

하지만 문은 이미 잠궈놨고 나는 시선만 문 쪽으로 돌렸다가 다시 앞을 바라봤다.

"아일라, 문 열어봐요."

목소리를 들으니 역시나 이반이었고, 나는 애써 무시했다.

이상하게 눈물이 흘렀다.

표정은 변하지 않았지만, 눈물만 계속해서 흘렀다.

그때 문이 열렸다.

그래, 저 남자 뱀파이어였지.

못할 게 뭐겠어.

잠긴 문 하나 여는 건 일도 아닐 테지.

하지만 난 그에게 시선을 주지 않았다.

그는 침대에 앉아 나를 바라봤다.

이건 이반이 어색해서 말을 못 꺼내는 게 아니란 걸 알았다.

눈치가 보여서 말을 못 하는 거겠지.

이반은 내게 더 다가와 내 뺨에 흐르고 있는 눈물을 닦아줬다.

"그 사람, 아버지예요?"

나는 아무 반응도 하지 않았다.

"악몽이라는 거, 그 일 맞죠?"

나는 조용히 고개를 끄덕였다.

이반은 한숨을 쉬고 나를 안았다.

하지만 그래도 난 아무 반응도 하지 않았다.

그는 내 머리에 턱을 댔다.

그리고 내 등을 토닥였다.

"일단 상처 치료해요."

원래라면 뭐든 대답을 했겠지만, 나는 무표정으로 그대로 안겨 있었다.

이반은 나를 놓아주고 밖으로 나갔다.

그리고 잠시 후 구급상자를 들고 다시 들어왔다.

이반은 다시 침대에 앉더니 내 팔을 잡아당겼다.

하지만 난 시선조차 주지 않았다.

그는 내 팔에 소독약을 발랐다.

그게 따가워서 미간이 살짝 찌푸려졌다.

이반은 그 상처 위에 약을 바르고 붕대를 감았다.

맞은 상처 중에 가장 깊은 상처였다.

그리고 그는 그 바로 옆에 있던 상처에 약을 발랐다.

그가 나를 걱정해주고 최대한 배려해주고 있다는 게 느껴졌다.

그게 고마워서일까, 기분이 좀 나아졌다.

나는 그의 손에서 팔을 살짝 뺐다.

"자잘한 상처까지 전부 붕대로 칭칭 감을 생각이에요?"

분위기가 어두운 것 같아 장난스러운 말투로 말했다.

하지만 분위기는 바뀌지 않았다.

"걱정 마요. 괜찮으니까."

그의 뺨을 두 손으로 감싸며 말했다.

그러자 그가 손을 들어 내 입술을 쓸었다.

이상하게 따가웠다.

맞을 때 입술이 터졌나보다.

"이렇게 심한데 괜찮다니, 헛소리하지 말고 가만히 있어요."

그는 내 손목을 잡고 날 떨어뜨렸다.

그리고 다시 약을 집어 들었다.

"그래서, 얘기 좀 해주면 안 돼요? 블레이크한테도 말 안 한 게 있을 거 아니에요."

"그렇게 듣고 싶어요?"

머리를 뒤에 기대며 말했다.

"네."

"그냥 흔한 불행한 사연이죠. 아빠는 술 먹고 때리는 게 매일 반복, 나는 맞는 게 매일 반복."

내 옆의 이 남자라면 다 털어놓을 수 있을 것 같았다.

말하려면 그 일이 생각나 힘들겠지만, 잘 위로해줄 수 있을 것 같았다.

"그 남자가 또 나를 때릴 때 엄마가 내 딸 건들지 말라고 하면서 밀쳤는데 칼 들고 죽이려고… 해서….'

감정에 겨워 목멘 목소리로 말했다.

그때 이반이 내 손등 위에 손을 올렸다.

뱀파이어라 손은 차가웠지만, 뭔가 따뜻한 느낌이었다.

그 손을 힐끗 쳐다보곤 말을 이었다.

"그래서 그를 밀치고 엄마 끌고 나왔어요. 엄마는 시골에 있는 집에 두고 혼자 살다가 여기 온 거예요."

"같이 안 살았어요?"

"그 남자한테서 도망쳤으면 이제 엄마도 자유롭게 살아야 한다고 생각해서요."

이반은 아무 말도 없었다.

여기선 아무 말도 하지 않는 게 좋긴 했다.

나는 머리카락을 들어 올려 목의 흉터를 보였다.

"목에 이 상처, 죽으려다 생긴 상처예요. 근데 신은 기어코 날 살려두더라고요."

"어쩌다 자살 시도를 한 건데요."

분명 질문이었지만, 질문 같지 않은 말이었다.

"살기 싫어서…, 너무 비참해서…, 다음 생에는 사랑받고 살고 싶어서…."

"…다 말해줘서 고마워요."

"다는 아니에요."

난 조용히 중얼거렸다.

"더 말하고 싶은데 지금 밖에 누가 있네요."

더 말하고 싶은 생각은 전혀 없었다.

어쨌든 이반이 어리둥절한 표정을 짓더니 일어나 문을 열었다.

밖에는 블레이크가 서 있었다.

블레이크는 이반의 어깨에 손을 올리더니 내게 다가왔다.

그리고 내 머리카락을 들어 흉터를 드러냈다.

"어제 이것까지는 말 안 했더라."

"…안 물어봤잖아요."

그가 손을 떼자 내 머리가 흘러내려 눈을 살짝 가렸다.

"어쩌다 이렇게 두드려 맞았냐."

"그러게요, 어쩌다… 이렇게 됐을까요."

"계속해줘."

그가 뒤를 돌아보며 말했다.

"응."

이반은 짧게 대답하고 내게 다가왔다.

그가 내 팔을 잡자 나는 그 팔을 뺐다.

"됐어요, 아프지도 않은데. 놔두면 다 나아요."

그러자 블레이크가 뒤에서 째려봤다.

여태 봤던 것 중 가장 살벌한 표정이었다.

"말 들어라."

어깨를 살짝 움츠리고 대답했다.

"…네."

그러자 블레이크가 침대 옆에 있는 의자에 앉았다.

블레이크가 의자에 앉아 시선이 잠깐 바닥을 향할 때 난 그를 무섭게 노려봤다.

그리고 다시 블레이크가 나를 쳐다봤을 때 서둘러 시선을 거뒀다.

이반은 그걸 보고 피식 웃더니 다시 내 팔을 잡았다.

그는 아까 약을 바르던 곳에 다시 약을 발랐다.

팔, 다리, 얼굴 등에 약을 다 바른 후 그가 물었다.

"맞은 데 또 어디에요?"

"됐어요, 인제 그만."

"말 들으라고 했을 텐데, 다친 데 어디야."

블레이크가 다시 나를 째려보며 말했다.

"…옷 벗어야 하잖아요."

그러자 블레이크가 헛기침을 했다.

"그럼…, 어떻게 할 건데."

"배…까지는 괜찮을 것 같은데."

이반이 허락을 구하듯 물었다.

난 블레이크가 다시 그 무서운 표정을 지을까 봐 조용히 고개를 끄덕였다.

이반은 내 옷을 살짝만 들어 올려 약을 발랐다.

약이 차가워 몸이 살짝 움츠려졌다.

"이렇게까지 심하게 때렸다고."

블레이크가 내 배에 있는 시퍼런 멍을 보더니 말했다.

"그 남자… 죽었어요?"

갑자기 아까 그 남자가 쓰러졌던 것이 떠올라 말했다.

"아뇨, 안 죽었어요. 기절만 시킨 거예요."

"그냥 죽이지 그랬어."

블레이크가 끼어들었다.

이반은 내 배에 붕대를 감기 시작했다.

등에 붕대가 감길 때 그의 얼굴이 내 얼굴과 가까워졌다.

붕대를 다 감은 후 그가 옷을 정리해줬다.

"답답해…."

"답답하긴, 참아."

"이렇게 미라처럼 붕대로 칭칭 감는데 어떻게 답답한 걸 참아요."

"매일을 맞았으면 그 정도는 답답한 정도 아니지 않냐."

"치료를 했겠어요? 처음이거든요?"

그러자 블레이크가 책에서 시선을 뗐다.

"처음이라고?"

"당신 말대로 매일을 때리는데 치료를 해주겠어요? 그럴 거면 안 때리고 말지."

배에 감긴 붕대를 만지작거리며 말했다.

"너는."

"저요?"

"네 아버지는 당연히 치료 안 해주는 건 아는데, 네가 직접 치료한 적은 없냐고."

"없죠, 그런 게 집에 있지도 않았고요."

잠깐 조용해졌다.

"물 좀 가져올게요."

이반이 웃으며 작은 목소리로 속삭였다.

그가 나가자마자 블레이크가 말했다.

"힘들었겠네, 네 편이 아무도 없어서."

그런데 그의 말투가 살짝 이상했다.

동정이나 위로가 아닌, 공감의 말투였다.

'내 인생 자체가 우울했어, 얼른.'

그때 그가 전에 했던 말이 떠올랐다.

"이제 당신에 대해 좀 말해주면 안 돼요?"

"무슨 뜻이야?" 뭐, 뱀파이어는 어떻게 태어나고 죽는지 알려줘?"

"그런 건 관심 없고요, 왜 인생이 우울한지."

"머리도 같이 맞았어? 내 인생이 왜 우울해. 놀고먹는 게 일인데."

"전에 말했잖아요. 우울한 이야기라고 말하기 싫다 했을 때 인생 자체가 우울했다고."

그는 책을 덮었다.

망설이는 것 같았다.

"너랑 똑같은데."

그가 턱을 괴며 말했다.

"…예?"

"너랑 똑같다고. 아빠는 술 먹고 때리다 엄마랑 탈출한 거."

왜 저렇게 태평한지는 모르겠지만, 그런 얘기를 아무렇지도 않게 했다.

"그런 눈으로 보지 마라. 지금은 네가 더 불쌍한 신세거든?"

자연스럽게 그를 동정의 눈빛으로 봤나보다.

그가 그런 걸 끔찍하게 싫어하는 성격인 걸 알고 있었으므로 고개를 돌렸다.

"네 사연이랑 거의 다 똑같아. 나도 죽으려 했던 흉터 있고."

"…보여줄 수 있어요?"

그러자 그가 망설이더니 웃통을 벗었다.

나는 서둘러 눈을 가렸다.

"보여달라며."

그의 목소리가 들리자 조심스럽게 손을 뗐다.

그러자 그의 복근이 보였다.

그리고 그의 가슴에 상처가 있었다.

내 목의 흉터는 비교도 안 될 정도로 큰 흉터였다.

자연스럽게 손이 입을 틀어막았다.

"뭘 어떻게 했길래…."

"뱀파이어가 쉽게 죽으면 나도 너처럼 목에 작은 흉터나 생겼겠지."

말이 쉽게 나오지 않았다.

저 끔찍한 흉터가 남으려면 얼마나 아파야 할까.

"심장에 말뚝을 박았어."

"차라리 십자가나 마늘 같은 걸로 하지. 아팠을 텐데."

"그런 거 다 미신이야. 뭐 미신대로라면 나는 푹신하고 따뜻한 침대를 두고 관 속에서 자겠네?"

하긴, 뱀파이어가 저렇게 잘생겼다는 말은 들어본 적이 없다.

"심장에 말뚝을 박아야 죽는다는 말도 미신이긴 한데요."

"만약에 십자가 때문에 죽었다면 난 이미 죽었지."

그러면서 그는 다시 옷을 입었다.

나는 그의 말을 이해하려 노력하고 있었다.

그때 블레이크가 내 목을 가리켰다.

나는 그의 손가락이 가리킨 곳을 만져봤다.

그러자 뭔가가 만져졌다.

십자가 목걸이.

딱히 이유는 없지만 매일 차고 다녔던 목걸이다.

"아…"

"말뚝 정도로는 안 죽더라, 더럽게 아프긴 했지만."

"그 정도면 더럽게 아픈 게 당연한 거 아니에요?"

"너도 아팠을 텐데, 자살 시도하는데 안 아픈 게 어딨어."

"일단 마음이 제일 아프죠."

나는 그를 보며 조용히 중얼거렸다.

"넌 어떻게 했는데, 목 그었어?"

"당신 특유의 그 무표정으로 그런 말 하면 사이코패스 소리 들을걸요."

"냉혈한이라 할 땐 언제고."

"그런가. 네, 목 그었어요. 칼로."

"너야말로 사이코패스 같은데?"

"자기가 먼저 물어봤으면서."

"아팠겠네."

"엄청요. 그때 죽었어야 했는데."

"그때 죽었으면 나랑 못 만났을걸?"

블레이크가 능글맞은 표정으로 말했다.

"흠…, 그럼 그때 안 죽은 게 다행인가. 그것 때문에 좀 더 불행해지긴 했어도."

"지금 행복하면 된 거지."

그때 문이 열리고 이반이 들어왔다.

"마셔요."

그리고 내 앞에 멈춰서 웃으며 유리컵을 건넸다.

나는 컵을 받아들고 물을 쭉 들이켰다.

너무 차가워서 머리가 아팠다.

"무슨 얘기 했어요?"

이반이 웃으며 내 옆에 앉았다.

나는 아무 말도 하지 않았다.

할 말은 없었지만, 여기서 뭐라고 대답해야 할지 몰랐기 때문이다.

그때 블레이크가 말했다.

"자살."

이반의 눈이 커졌고 그는 블레이크를 한 번 쳐다보다 날 쳐다봤다.

뭔가 잘못한 기분이 들어 밑쪽만 쳐다봤다.

"…몸에 그 상처 봤어요?"

이반이 블레이크 쪽으로 눈짓하며 속삭였다.

그리고 난 조용히 고개를 끄덕였다.

이반은 그걸 보고 작게 한숨을 쉬었다.

"뭘 그래, 둘 다 죽으려 했던 건 사실이고, 그거에 대해 말하는 게 뭐가 문제야."

블레이크의 저 입을 막으려면 꿰맬 수밖에 없는 걸까?

그를 째려봤지만, 그는 전혀 신경 쓰지 않는 것 같았다.

"나는 심장에 말뚝 박았고, 쟤는 칼로…."

난 서둘러 그의 입을 틀어막았다.

"조용히 좀! 해요…!"

그가 뭔가를 말하려 했지만, 내 손 때문에 막혀 말하지 못했다.

솔직히 칼로 목을 그었다는 얘기까지 이반이 알게 되면 엄청나게 걱정할 것 같았다.

그가 조용해지자 조용히 손을 뗐다.

"칼로 목을 그었대."

그때 그가 막을 틈도 없이 말했다.

"진짜 말은 더럽게 안 들어…."

블레이크를 째려보며 말했다.

이반은 아무 말도 하지 않다가 말했다.

"…힘들었겠네요. 당신 편이 아무도 없어서."

"그 말 옆에 있는 이 자식한테도 들은 것 같은데."

그러자 블레이크가 발끈했다.

"이 자식?"

"내 편이 아무도 없었던 건 아닌데."

그의 말을 무시하고 웃으며 말했다.

"같은 동네에 남자애 한 명 있었는데 맞는 거 눈치채고 잘 챙겨주더라고요. 도망친 후로 못 만났지만."

그리고 아무 말도 없었다.

블레이크도, 이반도, 나도.

그냥 아무 말 없이 가만히 있었다.

"그 남자애 이름이 뭐야?"

그때 블레이크가 그 조용한 분위기를 깨고 말했다.

"왜요? 어차피 모를 텐데."

"찾아가 보려고."

"네? 왜요?"

"뭐 죽이려고 찾아갈까 봐? 걱정 마라."

"아니 그런 건 아닌데…, 왜요?"

"궁금해서, 네 편이 되어준 그 인간이 누굴지."

"어디 사는 줄도 모르는데 당신이 어떻게 알아요?"

"아, 거참, 말 많네. 그냥 말하라면 말해봐."

"폴 디아즈."

그러자 이반과 블레이크가 동시에 흠칫했다.

그러더니 둘은 서로 눈빛을 교환했다.

"…왜 그래요?"

"더 아는 거 있어?"

"동갑이고, 가까운 곳에 살았었고, 남자애고, 이름이 폴이라는 것 외엔 없는 것 같은데요?"

블레이크는 아쉽다는 표정을 지었다.

그 표정을 짓는 이유는 알 수 없었지만, 그 표정이 아쉽다는 의미를 담은 것은 알 수 있었다.

"혹시나 그 남자애 다시 보게 된다면 바로 우리한테 말해야 해."

"왜요?"

"잔말 말고 알겠다고 해."

"알겠어요."

또 나왔다, 블레이크의 저 눈빛.

명령을 따르라는 의미가 담겨 있는 저 눈빛.

블레이크가 저 눈빛으로 날 쳐다볼 때마다 무서워서 엉겁결에 대답하게 된다.

"근데…, 왜인지 좀 알려줘요."

"안돼."

"이유도 안 알려주고 보면 바로 알려달라고 하면 뭐 어쩌라고요…"

"그냥 말 좀 들어."

"잘 듣고 있거든요? 혹시…, 죽이려는 거 아니죠?"

"안 죽여."

"죽이지 마요. 부탁할게요."

"안 죽인다니까."

"진짜죠?"

"몇 번을 말해. 내가 걔를 왜 죽여. 본 적도 없는데."

"분위기가 좀… 싸해서요.""싸하긴 무슨."

블레이크가 책을 덮으며 일어났다.

갑자기 일어나서 놀라 흠칫했다.

블레이크는 그냥 나가버렸다.

그가 나가고 이반이 한숨을 쉬더니 말했다.

"블레이크의 말, 절대 흘려듣지 마요. 그 폴이라는 당신 친구, 좀 위험해요."

"누군지는 알아요?"

"자세한 건 나중에 말해줄게요. 미안해요. 일단 지금은… 좀 쉬는 게 낫겠어요."

그가 내 두 어깨를 잡고 눕혔다.

"알려주기 싫다는 말로 들려요."

누운 채로 그를 올려다보며 말했다.

"아니에요. 꼭 말해줄게요."

그가 웃으며 내 머리를 쓰다듬었다.

"갈게요, 쉬어요."

이반이 나간 후 폴 디아즈에 대해 생각했다.

그가 있어서 겨우 버틸 수 있던 게 아닐까 싶다.

약 3년 전쯤에 처음 만난 그는 좋은 사람이었다.

친절하고 따뜻한 그는 내가 유일하게 기댈 수 있는 그런 사람이었다.

그가 왜 위험한 사람인지는 모르겠지만, 믿기지 않았다.

지금 골치 아픈 점은 항상 심심할 때마다 자서 정작 자야 할 땐 잠이 안 온다.

아일라에게 무작정 화를 낸 게 미안해져 한참을 창문 밖을 바라보며 고민했다.

어떻게 말을 걸지, 어떻게 사과할지.

그런데 창밖으로 아일라가 보였다.

어떻게 나왔는지에 대해서 놀란 건 아니었다.

내가 창문을 열어놨으니.

하지만 아일라는 내가 그것 때문에 놀란 거라고 생각하는 것 같았다.

아일라는 창문에 입김을 불고 글자를 썼다.

내가 보기 편하라고 글자를 거꾸로 쓰는 것 같은데 망설이는 게 꽤 웃겼다.

'걱정 마요. 창문이 열려 있어서 잠깐 나온 거지, 도망치려는 것 아니니까요.'

'언제까지 밖에 있을 거야? 감기 걸려.'

'잠깐 산책하다가 갈 거예요.'

'근데 왜 나왔어?'

그렇게 창문을 이용한 대화가 시작됐다.

'악몽 꿨는데 바람 쐬면 괜찮아질 것 같아서요.'

아일라는 살짝 망설였지만, 겨우 완성했다.

그게 뿌듯한지 보일 듯 말 듯 한 미소를 지어 보이는데 그게 귀여웠다.

'괜찮아?'

아일라는 글자를 적기 위해 창문에 입김을 불려고 가까이 다가왔다.

나는 장난기가 서린 눈으로 가까이 다가갔다.

아일라는 놀라며 얼굴을 뒤로 뺐다.

그게 웃겨서 한 번 웃고 창문을 열었다.

"뭐야, 열려 있었어요? 진작 열지, 글씨 거꾸로 쓰는 거 얼마나 힘들었는데."

"수고했어."

나는 웃으며 아일라의 머리를 쓰다듬었다.

"이리 와."

"네?"

나는 전처럼 아일라를 안아줬다.

아일라는 당황한 건지 어리둥절한 건지 가만히 있었고, 나는 물었다.

"무슨 악몽 꿨어?"

"아, 그냥 뭐, 평범한."

"무슨 꿈 꿨냐고."

나는 웃으며 말했다.

"…안 좋은 기억."

나는 분위기가 변할 걸 느꼈고 아무 말도 하지 않다가 물었다.

“무슨 기억인지 말해줄 수 있어?”

“보통 명령하지 않아요?”

아일라는 대화 주제를 바꾸려는 건지 웃으며 말했지만, 나에게는 통하지 않았다.

“그럼 그러지 뭐, 말해.”

“굳이 그래야 해요?”

“응, 굳이 그래야 해.”

“우울한 이야긴데.”

“내 인생 자체가 우울했어, 얼른.”

“옛날에…”

“응, 옛날에.”

“아버지한테 좀 맞았어요. 그게 좀 힘들었는데 꿈에 나와서요.”

나와 너무 비슷한 사연이었다.

이렇게 어린 여자에게도 그딴 짓을 하는 게 화가 나 아일라를 안고 있는 팔에 힘을 조금 주었다.

“괜찮아?”

“당연하죠. 한참 지났고 지금 날 아플 만큼 세게 안고 있는 뱀파이어한테 납치당해서 안전하거든요.”

나는 그 말을 듣고 팔에 힘을 살짝 뺐다.

“잡아 오길 잘했네. 이렇게 위험하게 사는 줄 알았으면 더 빨리 납치할 걸 그랬나.”

“원래도 안전했어요. 그냥… 안전하지만 비참하게 살고 있었던 것뿐이죠.”

"지금은 행복하잖아, 나 덕분에."

아일라의 기분을 풀어주려 노력했지만, 이 어두운 분위기를 바꾸기란 힘들었다.

"네, 덕분에 행복하네요."

아일라가 웃으며 말했다.

그녀의 그 한마디 덕에 바로 그 어두운 분위기가 바뀌었다.

나는 아일라를 껴안은 채 걸어갔다.

그리고 내 침대에 누웠다.

아일라는 그냥 내 품에 안겨서 가만히 있었다.

"이제 자."

"네?!"

아일라는 깜짝 놀라서 일어나려 했지만 실패했다.

"무슨 소리에요…!"

"이상한 생각 하지 말고."

"이상한 생각은 무슨…."

"안은 채로 자라고 하니까 화들짝 놀라던데 정말 아무 생각도 안 했어?"

"왜 이렇게 친절해졌나 궁금해하는 것도 이상한 생각에 포함된다면, 네, 이상한 생각 했어요."

내 말에 또 지기 싫었는지 최대한 노력하는 게 눈에 보였다.

"또 악몽 꾸면 내가 목을 물어서라도 깨워줄 테니까 편하게 자."

아일라는 진 걸 느꼈는지 아무 말도 없었다.

"절대 악몽을 꾸면 안 될 것 같은 느낌인데… 무섭네요."

"얼른 자라."

나는 아일라를 더 세게 껴안았다.

"그럼 좀 자유롭게 자게 해줘요. 힘 좀 빼고."

어쩌다 보니 다시 힘에 힘을 줬나 보다.

나는 팔의 힘을 살짝 뺐다.

"됐지? 피 다 마셔서 쓰러지게 하기 전에 얼른 자."

"네에…."

아일라는 눈을 감았다가 다시 떴다.

"잠 안 오는데요."

"뭘 기대했어? 노래라도 불러줘?"

"전혀 기대하진 않았지만 그럼 고맙죠. 노래 잘해요?"

"기대하지 않았으면 계속 기대하지 마."

"당신의 말 때문에 갑자기 기대돼요."

"…입 닥쳐."

"악몽을 꾼 인간이 이렇게 기대하는데 닥치라고요?"

"인간의 자장가를 내가 어떻게 알겠어. 차라리 네가 나한테 불러줘야지."

아일라에게 반박하려고 한 말이긴 했지만, 내가 원하는 게 더 컸다.

"내가 왜 당신한테 노래를 불러줘요? 바보."

"악몽을 꿨던 인간을 안고 있는 뱀파이어가 이렇게 기대하는데 바보라고?"

"뱀파이어에게 들려줄 자장가를 내가 어떻게 알겠어요."

나는 아일라의 말을 따라 했고, 아일라도 내 말을 따라 했다.

나는 아무 말 없이 나를 안고 있었고, 정적이 흘렀다.

그때 아일라가 갑자기 손을 뻗어 나를 안았다.

난 살짝 놀라 흠칫했지만, 가만히 있었고, 아일라는 노래를 부르기 시작했다.

아일라의 부드러운 목소리에 빠져 잠깐 벙쪄있었다.

"노래 잘하네."

"그럼 이제 당신도 불러줘야죠?"

"난 네가 진짜 부를 줄 몰랐는데."

"불러줘요."

나는 가만히 있다가 노래를 불렀다.

아일라는 벙쪄있다가 말했다.

"인간 자장가 모른다면서."

"네가 부를 때 외웠는데. 난 너보다 똑똑하거든."

"한 번 듣고 외우는 건 똑똑하고 말고의 문제가 아니거든요?"

"너무 똑똑해서 다 외워버렸어."

"잘 부르네요."

"내가 목소리가 좀 좋아야 말이지."

아일라는 대답하지 않고 그냥 눈을 감았다.

한참 후 내가 말했다.

"아일라, 자?"

아일라는 자는 것 같았고, 나는 들리지 않겠지만 다 말했다.

지금이라도 말하지 않는다면 아일라를 앞에 두고 말할 기회가 다신 없을 것 같았다.

"요즘에 좀… 불안해. 직감이란 게 있잖아. 심각한 일이 일어날 것 같아."

아일라에게 말하지 못했던 속마음을 이참에 그냥 다 얘기하기로 했다.

"들을 순 없겠지만 내가 짜증 내도 속상해하진 마. 이 더러운 성격 고치려고 노력 중이야."

솔직히 나도 내 성격이 좀 이상한 건 알고 있다.

고치기가 힘들기도 하고 딱히 고쳐야 할 이유를 알지 못했지만, 아일라를 알고 나서 생각이 바뀌었다.

"사과를 어떻게 해야 되는지 몰라서 안 하는 거니까 성격 고쳐질 때까지 좀 버텨줘."

"지금까지 잘 버티고 있었는데, 더 버텨요?"

아일라는 뒤돌면서 나를 바라봤다.

나는 이렇게까지 놀란 적은 없었다 하는 게 맞을 정도로 놀랐다.

놀람과 동시에 당황스러웠다.

"안… 자고 있었어?"

"네."

"어디까지 들었는데."

"처음부터 끝까지 전부 다."

"제기랄…"

조용히 욕을 중얼거렸다.

마음속으로는 내가 아는 욕을 거의 다 말했다.

"그 '더러운 성격' 고치려면 욕부터 그만해야겠는데요."

"입 닥쳐…."

창피했다.

내가 이상한 소리를 한 걸 다 듣고 있었다니.

"입 닥칠 테니까 당신도 입 닫고 자요."

그녀는 내 입술에 손가락을 두고 말했다.

"뭐하냐."

"쉬이…."

아일라는 입에 대고 있던 손을 떼고 내 눈을 가렸다.

나는 피식 웃고 아일라의 손 위에 내 손을 올리고 몸을 돌렸다.

"뭐해요?"

"뱀파이어랑은 다르게 손이 따뜻하길래."

아일라는 아무 말도 없었다.

불쌍하게 생각하는 건가.

아일라는 나를 안았다.

덩치 차이 때문에 안기는 게 맞다고 할 정도였다.

"뭐해?"

"뱀파이어랑은 다른 인간의 온기 잔뜩 느끼라고요."

"넌 진짜 못 말린다."

"말리지 마요. 내가 뭘 하든 당신은 웃던데. 뭐가 웃긴지는 몰라도 웃기면 좋은 거 아니에요?"

"웃는 게 웃겨서 웃는 줄 알아?"

"그럼 뭔데요?"

"알 거 없어."

"아, 뭐야. 실컷 궁금하게 해놓고."

"이 더러운 성격으로는 너한테 실망감을 줄 수밖에 없네. 미안하다."

"그 더러운 성격으로 나한테 기쁨을 줄 수는 없어요?"

나는 아일라의 손을 떼고 아일라의 눈을 바라봤다.

아름다운 갈색 눈이 내 시야에 꽉 찼다.

아일라는 살짝 당황한 것 같았지만, 가만히 내 눈을 바라봤다.

"내 얼굴."

"뭐요?"

"너한테는 내 성격이 아니라, 이 잘생긴 얼굴로 기쁨을 줘야지."

아일라는 아무 말도 없었다.

황당해 보이기도 했지만, 딱히 부정은 하지 않았다.

"왜? 너무 맞는 말이라 아니라고 못 하나?"

"아니거든요. 너무 어이가 없어서 그래요."

"내가 좀 잘생기긴 했어."

"닥치고 자요, 얼른."

"닥치라니, 너무하네."

"자기는 더한 말도 하면서."

"…미안."

맞는 말이라 미안하다고 할 수밖에 없었다.

아일라는 그 말을 듣고 웃었다.

처음 만났을 때 눈에 서린 공포와는 다르게 행복이 가득 차있었다.

"당신이 사과할 때마다 왜 이렇게 웃긴지 모르겠네요."

"그러게, 왜 웃길까, 웃길 만한 일이 전혀 아닌데."

"내가 뭘 하든 웃는 당신이 할 말은 아니지 않아요?"

"흠…, 네가 이런 기분이었을까."

"제가 특별히 용서해드리죠."

"이제 그럼 자자, 꼬맹아."

"꼬맹이는 무슨, 나이 비슷해 보이는데요."

"내가 뱀파이어라는 건 까먹었나 봐?"

"그래서 나보다 나이가 많다?"

"훨씬."

"그럼, 할아버지, 얼른 주무셔야죠."

"할아버지라기엔 너무 잘생겼는데."

아일라는 내 어깨를 잡고 돌려 내가 천장을 바라보게 했다.

"더 말하면 나 그냥 갈 겁니다."

나는 고개를 끄덕였다.

더 말하면 간다고 하니 어쩔 수 없었다.

아일라는 피식 웃고 몸을 돌려 천장을 바라봤다.

다음 날 잠에서 깨어나니 아일라는 옆에서 새근새근 자고 있었다.

침대 옆의 의자에 앉아 책을 읽고 있을 때 아일라가 깨어났다.

"머리가 엄청 부스스한데? 양처럼."

장난스럽게 말했다.

아일라는 침대에서 일어나 거울을 봤다.

뒤돌아서 나를 째려봤다.

웃음이 터져 나올 뻔했지만, 겨우 참았다.

"원래 살짝 곱슬거리는 거지, 양처럼 부스스한 게 아니거든요? 놀랐잖아요."

"내 앞에서 잘 보이고 싶은데 머리가 양 같다고 해서?"

"되도 않는 소리."

"원래 곧게 핀 생머리였는데?"

"뭐요? 나한테 그렇게까지 관심이 없었어요? 너무하네…."

아일라가 속상하다는 듯한 표정으로 말했다.

그게 너무 귀여웠다.

"농담이야."

나는 웃으며 책을 덮었다.

그리고 다가가 머리를 정리해줬다.

"아침 먹을 시간이야."

아일라는 어리둥절한 표정으로 가만히 있었고, 나는 그녀의 목을 물었다.

"아…!"

그리고 곧 입을 뗐다.

"이게 지금까지 당신이 물었던 것 중에서 가장 아팠어요."

"미안해."

내가 웃으며 말했다.

"그럼 이제 너도 아침 먹을 시간이지?"

"네?"

"며칠 동안 굶었잖아. 이러다 죽겠다."

"이반이랑 똑같은 얘기하네요. 이 정도로 안 죽는다니까, 엄청나게 배고 프긴 해도."

"가자, 얼른."

나는 따뜻한 체온이 느껴지는 아일라의 손을 잡고 밖으로 나갔다.

그리고 부엌으로 향했다.

나는 컵이 올려져 있는 자리에 앉았고, 아일라는 가만히 서있었다.

그때 주방장이 의자를 뒤로 끌었다.

그 소리에 아일라는 살짝 움찔했다.

아일라는 눈치를 보다 조용히 다가가 의자에 앉았다.

"여기 당신이랑 이반만 사는 거 아니었어요?"

당연히 주방장에게 들리겠지만, 아일라는 내 쪽으로 몸을 숙여 속삭이며 말했다.

"당연히 아니지. 네가 방 안에만 있어서 몰랐던 거야."

내가 컵을 손으로 빙글빙글 돌리며 말했다.

"가둬둔 거면서."

"먹기나 해."

아일라는 포크와 나이프를 들어 고기를 썰기 시작했다.

"뱀파이어가 만든 것치곤 꽤 맛있다는 표정이네."

그 말을 하고 나서야 내가 아일라에게 엄청난 관심을 기울이고 있었다는 걸 깨달았다.

그래서 고개를 아래로 숙였다.

"잘 아네요. 꽤 맛있는데요?"

"난 피만 마시니까 쓸모는 없지만, 요리는 잘하더라고."

"여기 몇 명이나 있어요?"

"나야 모르지."

"관심 좀 가져요. 돈은 주고요?"

"뱀파이어가 돈이 왜 필요해."

내가 피식 웃으며 말했다.

"그럼 뭘 주고 고용한 건데요?"

"인간이 아닌데 인간 세계에서 살 수 있을 것 같아? 여기라도 안 오면 죽으니까 어쩔 수 없는 거지."

"불쌍하네요."

"가끔 인간의 피를 주는 조건도 있어."

"그럼 지금까지 여기 잡혀 온 사람들은 당신한테도 피를 주고 저 뱀파이어들한테도 피를 준 거예요?"

"그러다 죽었던 거고."

"좀 친절하게 대해주지, 너무 불행하게 죽은 거잖아요."

"나와는 상관없는 일이야."

"잔인하네요."

"지금까지 딱 한 명 탈출한 인간 있긴 했어."

"어떻게 살고 있대요?"

아일라는 관심이 생긴 듯 웃으며 말했다.

"어떻게 살고 있는지는 모르지. 그때 죽여버렸어야 했는데."

그 여자가 생각났다.

어찌 보면 그 여자 때문에 전에 시장에서 아일라와 이반이 위험해진 거라 볼 수 있다.

"한 명이라도 살았으면 다행이지 않아요?"

아일라는 역시나 순수했다.

착해빠져서는 그 여자를 걱정했다.

"뱀파이어라고 소문내고 다녔어. 처음에는 미친 여자라고 낙인찍혔는데, 요즘엔 좀 바뀌는 것 같아."

"혹시 그 여자 이름이… 헤이즐이에요?"

"…어떻게 알았어?"

"전에 시장에서 들었어요."

순간 그 여자와 아일라가 아는 사이인가 했지만 아니었다.

"그 여자 때문에 너랑 이반이 위험해진 거나 다름없잖아. 그때 죽었어야 했어."

"그 여자도 살기 위해 도움을 청한 건데 미친 취급 받으면 더 절망적이죠."

"절망적이든 말든 그 정도 대가는 치러야지."

"지금 어떻게 살고 있는지 궁금하네요. 좀 편하게 살고 있으면 좋을 텐데."

아일라는 접시를 쳐다봤다.

내 눈을 바라보기엔 내 눈빛이 살벌했다는 걸 나도 알고 있었다.

"편하게 못 살아."

내가 피식 웃으며 말했다.

비웃음이었다.

"여기로 오기 전에도 편하게 산 적은 없었어."

아일라는 조용히 내 말을 들었다.

내 목소리에 경멸이 묻어 나오는 걸 진작에 눈치채고 있었다.

"남자친구나 가족은 다 죽었고, 가족이 죽기 전에는 실컷 맞았…"

그러다 멈칫했다.

어제 아일라가 부모에게 맞았다는 말 때문에.

그리고 내 입꼬리가 내려갔다.

아일라도 멈칫했다.

그리고 나는 그녀를 슬쩍 쳐다봤다.

아일라는 포크와 나이프를 내려놨다.

"그… 미안한데 먼저 가볼게요."

나는 아무 말도 하지 않았다.

아일라는 그대로 올라갔다.

난 서둘러 이반에게 아일라의 방에 가라고 했다.

혹시나 그 기억이 떠오르면 힘들어할까 봐.

나는 아니더라도 이반의 성격으로는 위로해주기 쉬울 테니.

난 방으로 돌아가 한참을 고민했다.

머릿속에 떠오르는 생각을 떨쳐내려고 책을 읽기로 했지만, 글씨가 눈에
들어오지 않았다.

그러다 해가 졌고, 오늘따라 시간이 참 빠르다고 생각했다.

이반과 아일라가 밖으로 나가는 게 창문으로 보였다.

둘이 언제 들어올지 모르니 한참을 창문 앞에 서 있을 수는 없었다.

그래서 다시 책상에 앉았다.

잠시 후 아일라의 방으로 갔다.

딱히 이유는 없었다.

그런데 이반이 방문 앞에 서 있는 게 보였다.

"아일라, 문 열어봐요."

하지만 문은 열리지 않았고, 이반은 문을 열고 들어갔다.

꽤 빨리 돌아왔다고 생각하며 방문 앞에서 아일라와 이반의 대화를 엿들었다.

"그 사람, 아버지예요?"

아일라의 대답이 들려오지 않았다.

"그 악몽이라는 거, 그 일 맞죠?"

어떤 대답을 했는지는 모르겠지만, 아무 소리도 들리지 않았다.

이반은 한숨을 쉬었다.

하지만 그래도 아무 소리도 들리지 않았다.

"일단 상처 치료해요."

상처…

어쩌다 다치고 어쩌다 그 밝은 성격의 아일라가 아무 말도 하지 않는 건지 궁금했다.

이반이 밖으로 나오는 소리가 들려 벽 뒤로 몸을 숨겼다.

그리고 잠시 후 이반은 구급상자를 들고 다시 돌아왔다.

나는 다시 문 앞에서 대화 소리를 들었다.

"자잘한 상처까지 전부 붕대로 칭칭 감을 생각이에요?"

드디어 아일라의 목소리가 들렸다.

장난스러운 말투였다.

"걱정 마요, 괜찮으니까."

"이렇게 심한데 괜찮다니, 헛소리하지 말고 가만히 있어요."

당장이라도 문을 박차고 들어가 무슨 상황인지 얘기를 듣고 싶었다.

"그래서, 얘기 좀 해주면 안 돼요? 블레이크한테도 말 안 한 게 있을 거 아니에요."

"그렇게 듣고 싶어요?"

뭔가 알 수 있는 게 생길 것 같았다.

"네."

이반이 그녀의 물음에 대답했다.

"그냥 흔한 불행한 사연이죠. 아빠는 술 먹고 때리는 게 매일 반복, 나는 맞는 게 매일 반복."

아일라가 이반에게 설명했다.

"그 남자가 또 나를 때릴 때 엄마가 내 딸 건들지 말라고 하면서 밀쳤는데, 칼 들고 죽이려고… 해서…"

아일라는 울음을 참는 건지 목메인 목소리로 말했다.

"그래서 그를 밀치고 엄마 끌고 나왔어요. 엄마는 시골에 있는 집에 두고 혼자 살다가 여기 온 거예요."

"같이 안 살았어요?"

"그 남자한테서 도망쳤으면 이제 엄마도 자유롭게 살아야 한다고 생각해서요."

이반의 대답이 들리지 않았다.

"목에 이 상처, 죽으려다 생긴 상처예요. 근데 신은 기어코 날 살려두더라고요."

"어쩌다 자살 시도를 한 건데요."

나와 너무나도 비슷한 그녀의 옛날 일 때문에 나까지 옛일이 떠올라 살짝 인상을 찌푸렸다.

"살기 싫어서…, 너무 비참해서…, 다음 생에는 사랑받고 살고 싶어서…."

그게 너무 공감됐다.

"…다 말해줘서 고마워요."

"더 말하고 싶은데 지금 밖에 누가 있네요."

아일라는 내가 있는 사실을 진작에 눈치채고 있었던 것 같다.

그러자 이반은 문을 열었다.

나는 이반의 어깨를 살짝 건드리고 아일라에게 다가갔다.

그리고 아일라의 머리카락을 들어 흉터를 보았다.

"어제 이것까지는 말 안 했더라."

"…안 물어봤잖아요."

내가 손을 떼자 그녀의 머리카락이 흘러내려 눈을 살짝 가렸다.

"어쩌다 이렇게 두드려 맞았냐?"

"그러게요, 어쩌다… 이렇게 됐을까요."

"계속해줘."

내가 뒤를 돌아보며 말했다.

"응."

이반은 짧게 대답하고 아일라에게 다가갔다.

이반가 내 팔을 잡자 아일라는 그 팔을 뺐다.

"됐어요, 아프지도 않은데. 놔두면 다 나아요."

그러자 내가 뒤에서 째려봤다.

"말 들어라."

그녀는 어깨를 살짝 움츠리고 대답했다.

"…네."

대답을 듣자 나는 침대 옆에 있는 의자에 앉았다.

이반은 그걸 보고 피식 웃었다.

그는 약을 바르기 시작했다.

약을 다 바른 후 그가 물었다.

"맞은 데 또 어디에요?"

"됐어요, 인제 그만."

"말 들으라고 했을 텐데, 다친 데 어디야."

내가 다시 아일라를 째려보며 말했다.

"…옷 벗어야 하잖아요."

그러자 할 말이 사라졌다.

나는 그냥 헛기침을 했다.

"그럼 어떻게 할 건데."

"배…까지는 괜찮을 것 같은데."

이반이 허락을 구하듯 물었다.

아일라는 조용히 고개를 끄덕였다.

그러자 이반이 아일라의 윗옷을 살짝 들어 배를 드러냈다.

이반은 아일라의 배에 약을 바르기 시작했고, 아일라는 약이 차가운지 몸을 살짝 움츠렸다.

마른 그녀의 배에 시퍼런 멍이 있었다.

그걸 보니 눈썹이 찌푸려졌다.

"이렇게까지 심하게 때렸다고."

"그 남자… 죽었어요?"

아일라는 그 남자가 갑자기 떠오른 것 같았다.

"아뇨, 안 죽었어요. 기절만 시킨 거예요."

"그냥 죽이지 그랬어."

이반은 아일라의 배에 붕대를 감기 시작했다.

붕대를 다 감은 후 이반이 아일라의 옷과 머리를 정리해줬다.

"답답해…"

"답답하긴, 참아."

"이렇게 미라처럼 붕대로 칭칭 감는데 어떻게 답답한 걸 참아요."

"매일을 맞았으면 그 정도는 답답한 정도 아니지 않냐."

"치료를 했겠어요? 처음이거든요?"

그러자 나는 책에서 시선을 떼고 그녀를 바라봤다.

"처음이라고?"

"당신 말대로 매일을 때리는데 치료를 해주겠어요? 그럴 거면 안 때리고 말지."

아일라는 배에 감긴 붕대를 만지작거리며 말했다.

"너는."

"저요?"

"네, 아버지는 당연히 치료 안 해주는 건 아는데, 네가 직접 치료한 적은 없냐고."

"없죠. 그런 게 집에 있지도 않았고요."

몇 초 정도 정적이 흐르다 이반의 목소리가 들렸다.

"물 좀 가져올게요."

이반이 웃으며 속삭였다.

그가 나가자마자 내가 말했다.

"힘들었겠네, 네 편이 아무도 없어서."

동정이 아니었다, 공감이었다.

"이제 당신에 대해 좀 말해주면 안 돼요?"

그때 갑자기 아일라가 물었다."무슨 뜻이야? 뭐, 뱀파이어는 어떻게 태어나고 죽는지 알려줘?"

"그런 건 관심 없고요, 왜 인생이 우울한지."

"머리도 같이 맞았어? 내 인생이 왜 우울해, 놀고먹는 게 일인데."

"전에 말했잖아요. 우울한 이야기라고 말하기 싫다 했을 때 인생 자체가 우울했다고."

젠장, 뭐라고 지껄였던 거야.

나는 책을 덮고 망설였다.

"너랑 똑같은데."

그러다 결정했고 턱을 괴며 말했다.

"…예?"

"너랑 똑같다고. 아빠는 술 먹고 때리다 엄마랑 탈출한 거."

아일라는 나를 동정의 눈빛으로 바라봤다.

"그런 눈으로 보지 마라. 지금은 네가 더 불쌍한 신세거든?"

아일라는 일부러 그랬던 게 아니었던 것 같다.

그녀는 내 말을 듣자마자 고개를 돌렸다.

"네 사연이랑 거의 다 똑같아. 나도 죽으려 했던 흉터 있고."

"…보여줄 수 있어요?"

나는 망설이다 윗옷을 벗었다.

그러자 아일라는 서둘러 눈을 가렸다.

"보여달라며."

아일라는 조심스럽게 손을 뗐다.

아일라는 내 가슴의 흉터를 보더니 입을 틀어막았다.

"뭘 어떻게 했길래…"

"뱀파이어가 쉽게 죽으면 나도 너처럼 목에 작은 흉터나 생겼겠지."

아일라는 쉽게 말이 안 나오는 듯했다.

"심장에 말뚝을 박았어."

"차라리 십자가나 마늘 같은 걸로 하지. 아팠을 텐데."

"그런 거 다 미신이야. 뭐 미신대로라면 나는 푹신하고 따뜻한 침대를 두고 관 속에서 자겠네?"

"심장에 말뚝을 박아야 죽는다는 말도 미신이긴 한데요."

"만약에 십자가 때문에 죽었다면 난 이미 죽었지."

나는 말하면서 다시 옷을 입었다.

아일라는 어리둥절한 표정으로 날 쳐다보고 있었다.

나는 아일라의 목을 가리켰다.

그러자 아일라가 내 손가락이 향한 곳을 더듬거렸다.

그리고 십자가 목걸이를 꺼냈다.

"아…."

"말뚝 정도로는 안 죽더라, 더럽게 아프긴 했지만."

"그 정도면 더럽게 아픈 게 당연한 거 아니에요?"

"너도 아팠을 텐데, 자살 시도하는데 안 아픈 게 어딨어."

"일단 마음이 제일 아프죠."

아일라는 조용히 중얼거렸지만, 나는 다 들었다.

"넌 어떻게 했는데, 목 그었어?"

"당신 특유의 그 무표정으로 그런 말 하면 사이코패스 소리 들을걸요."

"냉혈한이라 할 땐 언제고."

"그런가. 네, 목 그었어요. 칼로."

"너야말로 사이코패스 같은데?"

"자기가 먼저 물어봤으면서."

"아팠겠네."

"엄청요. 그때 죽었어야 했는데."

"그때 죽었으면 나랑 못 만났을걸?"

"흠…, 그럼 그때 안 죽은 게 다행인가? 그것 때문에 좀 더 불행해지긴 했어도."

"지금 행복하면 된 거지."

그때 문이 열리고 이반이 들어왔다.

"마셔요."

그리고 아일라에게 유리컵을 건넸다.

아일라는 물이 차가웠는지 얼굴을 찡그렸다.

"무슨 얘기 했어요?"

이반이 물었고 아일라는 아무 대답도 하지 않았다.

"자살."

이반의 눈이 커졌고 그는 나를 한 번 쳐다보고 아일라를 쳐다봤다.

"…몸에 그 상처 봤어요?"

이반이 속삭였다.

그리고 아일라가 조용히 고개를 끄덕였다.

이반은 작게 한숨을 쉬었다.

"뭘 그래, 둘 다 죽으려 했던 건 사실이고, 그거에 대해 말하는 게 뭐가 문제야."

아일라는 나를 째려봤다.

"나는 심장에 말뚝 박았고, 쟤는 칼로…."

그러자 아일라가 내 입을 손으로 막았다.

"조용히 좀! 해요…!"

나는 내 입을 막고 있는 아일라의 손 때문에 말하지 못했다.

내가 아무 소리도 내지 않자 아일라가 조용히 손을 뗐다.

"칼로 목을 그었대."

그때를 틈타 말했다.

"진짜 말은 더럽게 안 들어…."

아일라는 나를 째려보며 중얼거렸다.

"…힘들었겠네요, 당신 편이 아무도 없어서."

"그 말 옆에 있는 이 자식한테도 들은 것 같은데."

"이 자식?"

"내 편이 아무도 없었던 건 아닌데."

아일라는 내 말을 무시하고 웃으며 말했다.

"같은 동네에 남자애 한 명 있었는데 맞는 거 눈치채고 잘 챙겨주더라고요. 도망친 후로 못 만났지만."

그리고 정적이 흘렀다.

"그 남자애 이름이 뭐야?"

"왜요? 어차피 모를 텐데."

"찾아가 보려고."

"네? 왜요?"

"뭐 죽이려고 찾아갈까 봐? 걱정 마라."

"아니 그런 건 아닌데…, 왜요?"

"궁금해서, 네 편이 되어준 그 인간이 누굴지."

"어디 사는 줄도 모르는데 당신이 어떻게 알아요?"

"아, 거참, 말 많네. 그냥 말하라면 말해봐."

"폴 디아즈."

그 이름을 듣자 이반과 내가 동시에 흠칫했다.

"…왜 그래요?"

"더 아는 거 있어?"

"동갑이고, 가까운 곳에 살았었고, 남자애고, 이름이 폴이라는 것 외엔 없는 것 같은데요?"

아쉽군.

그 자식을 잡아낼 수 있었는데.

"혹시나 그 남자애 다시 보게 된다면 바로 우리한테 말해야 해."

"왜요?"

"잔말 말고 알겠다고 해."

"알겠어요."

아일라가 대답했지만, 억지로 한 대답이란 걸 바로 눈치챘다.

"근데…, 왜인지 좀 알려줘요."

"안돼."

"이유도 안 알려주고 보면 바로 알려달라고 하면 뭐 어쩌라고요…"

"그냥 말 좀 들어."

"잘 듣고 있거든요? 혹시…, 죽이려는 거 아니죠?"

"안 죽여."

"죽이지 마요. 부탁할게요."

"안 죽인다니까."

"진짜죠?"

"몇 번을 말해. 내가 걔를 왜 죽여. 본 적도 없는데."

"분위기가 좀… 싸해서요.""싸하긴 무슨."

나는 책을 덮고 일어나 밖으로 나갔다.

폴 디아즈.

그 자식이 또 무슨 짓을 할지 모르겠지만, 자칫하면 아일라가 위험하다.

내 직감이 맞았군.

조만간 뭔가 심각한 일이 일어날 거야.

이반

방에서 책을 읽으며 쉬고 있을 때 블레이크가 아일라의 방으로 가보라고
했다.

내 생각에 아일라는 누군가 죽이기 전에는 절대 자살할 사람이 아니다.

그래서 딱히 걱정은 안 됐지만, 아일라의 방으로 순간이동했다.

방에서 아일라는 머리를 손으로 올린 채 거울을 보고 있었다.

거울에 비친 그녀의 모습을 보니 그녀는 슬픈 눈빛으로 목에 상처를 보
고 있었다.

뱀파이어에게 물렸다기엔 뭔가에 긁힌 듯 길고 얇은 상처였다.

"그건 무슨 상처예요?"

아일라는 흠칫하며 거울로 나를 봤다.

"놀랐잖아요. 기척도 없이…"

"미안해요. 블레이크가 갑자기 서둘러 가보라고 해서."

"뭐, 전 살해 당하기 전에 혼자 죽을 일은 없으니 걱정 마세요."

아주 잘 알고 있다.

"네, 걱정 안 할게요. 그래서, 그 상처 없애줄까요?"

"이거 상처 아니고 흉터에요. 괜찮아요."

나는 아일라의 머리카락을 들어 흉터를 만지작거렸다.

"이 정도면 상처가 꽤 깊었겠는데요. 어쩌다가 다쳤어요?"

"기억이 안 나네요. 미안해요."

"되게 슬픈 눈빛으로 쳐다보던데, 거짓말하지 말고요."

"…그럼 블레이크한테 들어요. 직접 말하기 힘들어요."

분위기가 심상찮았고, 나는 손을 놨다.

그러자 머리가 스르륵 내려왔고, 나는 머리를 귀 뒤로 넘겨줬다.

"다치지 마요."

"이왕 온 김에 같이 있어 줘요."

나는 다시 침대에 앉았다.

"딱히 할 말은 없는데, 혼자 있으면 잘 것 같아서요. 그럼 또… 악몽 꿀까 봐…."

악몽을 꿨기 때문에 자는 게 싫다는 게 아이 같고 귀여웠다.

나는 아일라의 어깨를 잡고 살짝 당겨 어깨에 기대게 했다.

"어제 악몽 꿨어요?"

"네."

"무슨 꿈이었는데요?"

"…그것도 블레이크한테 들어요."

나는 아일라의 어깨를 토닥여줬다.

"나한테도 좀 의지해주면 안 돼요?"

나는 중얼거렸고 아일라는 다행히 못 들은 것 같았다.

"네?"

"아니에요."

"미안해요. 근데…, 말하기 힘들어요."

"이해해요. 블레이크한테 들을게요."

이해를 못 하지만 어쩔 수 없었다.

그녀가 말하기 힘들다는데 어쩌겠는가?

"블레이크가 안 말해주면 내가 얘기해줄게요."

"네, 그렇게 해요."

"…졸리네요."

아일라는 그렇게 말하며 일어났다.

"더 있다간 잠들겠어요."

"자도 되는데."

"악몽 꾸기 싫어요. 너~무 무서워서."

"귀신이라도 나오나 봐요?"

"뱀파이어랑 같이 사는데 귀신 나온다고 무서워하겠어요?"

"어떻게 할 거에요? 꿈꾸기 싫다고 안 잘 수는 없잖아요."

"나가면 안 돼요? 물론 저녁에. 그러면 밤에 잘 잘 수 있을 것 같기도 하고?"

아일라는 본인 특유의 예쁜 미소를 지으며 말했다.

"나간다고요? 어딜요?"

"정원에서 잠깐 산책하던지, 아니면 사람들 눈 피해서 나갔다 오던지, 어쨌든 나가고 싶어요."

"정원은 창문으로 나가봤죠?"

"네, 어제도 나갔어요."

"그럼 나가죠. 저녁에, 사람들 눈 피해서."

"그때까지 뭐하죠?"

"뭐, 그냥 시간 때워야죠."

"여긴 책 같은 거 없어요?"

"많죠. 가볼래요?"

"네."

나는 그녀를 한 방으로 데려갔다.

"이걸 다 볼 수는 있어요?"

"당연히 못 보죠."

다 읽으려 노력해본 적도 없다.

방 안의 책으로도 충분하니까.

시간도 때울 겸 책이나 읽으려고 했다.

뭔가 이상한 소리가 났고, 그쪽으로 가보니 아일라와 당장이라도 그녀를 물 것 같은 하인이 있었다.

나는 바로 뭔가를 던지는 시늉을 했고, 그 하인은 몸이 불탔다.

그리고 난 아일라에게 다가가 그녀를 끌어안았다.

너무 세게 안았는지 그녀는 '윽' 소리를 냈다.

하지만 난 딱히 신경 쓰지 않았다.

"저기요…?"

그러다 아일라가 나를 불렀고 나는 뜨끔하며 그녀를 놔줬다.

"괜찮아요?"

아일라의 두 어깨를 잡으며 말했다.

"괜찮은데 저 남자는…."

아일라가 고개를 돌리며 말했다.

"죽었어요."

"죽었…다고요…."

"일단 가요."

"…네."

나는 아일라를 방에 데려다줬다.

표정을 보니 죽은 그 남자를 불쌍하게 생각하는 것 같았다.

"너무 불쌍하게 생각하진 마요. 아니었으면 당신이 죽었어요."

"네."

아일라가 차갑게 대답했다.

아마 목소리가 떨릴까 봐 짧게 대답한 것이 차갑게 느껴진 것 같다.

그때 아일라가 말했다.

"저기, 나중에 다시 올래요? 너무 어색해서 못 견디겠는데요."

솔직한 아일라의 모습이 웃겨 피식 웃고 일어났다.

그리고 다가가 아일라의 이마에 입을 맞추고 밖으로 나갔다.

저녁에 아일라의 방으로 갔다.

아일라는 창가에 앉아 있었다.

"이제 저녁이니까 갈까요?"

"으아~, 네, 가요."

아일라는 창가에서 일어나 기지개를 피며 말했다.

나는 아일라와 밖으로 나왔고, 걸어다니며 물었다.

"그래서, 뭐 하고 싶은데요?"

"그냥 산책이나 하죠."

그래서 그냥 아무 말 없이 걸었다.

그때 갑자기 한 생각이 떠올랐다.

전에 봤던 악세사리와 비슷한 걸 사람들 몰래 사 오면 좋지 않을까.

그래서 아일라에게 말했다.

"잠깐 저기서 기다릴래요?"

"네? 어디서요?"

"옆에 골목에서요."

옆에는 좁지도 넓지도 않은 골목이 하나 있어 사람들 눈을 피하며 기다리고 있기에 좋다고 생각했다.

"왜요?"

"뭐 좀 사오려고요."

"조심해요, 사람들이 알아보면 큰일이잖아요."

"네, 금방 올게요. 잠시만 기다려요."

최대한 얼굴을 보이지 않은 채 브로치 하나를 샀다.

그리고 돌아가는 길에 누군가 맞고 있는 게 보였다.

"쯧, 불쌍하네."

조용히 중얼거리고 주위를 둘러봤다.

그런데 그 골목이 내가 아일라를 두고 온 그 골목과 너무나도 비슷했다.

그리고 맞고 있는 여자의 머리카락의 색깔이나 체형도 아일라 같았다.

조용히 욕을 중얼거리고 그쪽으로 달려갔다.

브로치가 손에서 떨어졌지만, 전혀 신경 쓰지 않았다.

그리고 바로 아일라를 때리고 있는 남자의 목을 쳐 기절시켰다.

아일라는 놀란 표정으로 일어나려다 비틀거렸다.

나는 바로 아일라를 부축해줬다.

이럴 땐 뱀파이어인 게 참 좋단 말이지.

"왜 여기 있어요…?"

아일라의 하얀 셔츠가 피로 물들었고 얼굴도 상처로 엉망인데다 머리카락도 흐트러져 있었다.

"비명이라도 질렀어야죠!"

"…네?"

"도와달라고, 살려달라고 소리쳤어야죠. 내가 오기 전에 아무나 발견하게!"

아일라의 두 어깨를 잡고 소리쳤다.

아일라는 바닥을 쳐다보다가 내 손을 가볍게 떼어내고 앞으로 걸어갔다.

나는 한숨을 쉬며 벽에 기대 머리카락을 헝클어트렸다.

그 자세로 욕이란 욕은 다 중얼거렸을 것이다.

그러다 집으로 순간이동해 아일라의 방으로 갔다.

문을 열려고 했지만 잠겨있었고, 나는 방 안에 있을 아일라에게 말을 걸었다.

"아일라, 문 열어봐요."

하지만 문이 열리지 않았고, 나는 억지로 문을 열었다.

아일라는 나를 쳐다보지도 않고 눈물을 흘리고 있었다.

표정이 무표정이라 그런지 그 성격으로 눈물을 흘려서인지 그녀는 정말 안쓰러워 보였다.

나는 침대에 앉았고, 아일라는 나를 쳐다보지 않았다.

난 쉽게 말을 걸 수 없었다.

말을 걸기가 눈치 보였다.

나는 그녀에게 더 다가가 눈물을 닦아주며 말했다.

"그 사람, 아버지예요?"

아일라는 아무 반응도 보여주지 않았다.

"그 악몽이라는 거, 그 일 맞죠?"

그러자 아일라는 조용히 고개를 끄덕였다.

나는 한숨을 쉬고 아일라를 안았다.

그 상황에서도 아일라는 아무 반응이 없었다.

나는 아일라의 머리 위에 턱을 대고 그녀의 등을 토닥였다.

"일단 상처 치료해요."

아일라는 아무 말도 하지 않았고, 나는 밖으로 나가 구급상자를 들고 들어왔다.

나는 침대에 앉아 아일라의 팔을 잡고 소독약을 꺼냈다.

아일라는 여전히 미동도 없이 창문 쪽만을 바라봤다.

내가 팔의 상처에 소독약을 바르자, 아일라는 따가운지 얼굴을 살짝 찌푸렸다.

나는 그 상처 위에 약을 바르고 붕대를 감았다.

팔을 놓지 않고 그 바로 옆의 상처에 약을 발랐다.

소독약은 깊은 상처에만 바르면 될 것 같았다.

그때 아일라는 내 손에서 팔을 살짝 뺐다.

"자잘한 상처까지 전부 붕대로 칭칭 감을 생각이에요?"

아일라는 장난스러운 말투로 말했지만 실패했다.

"걱정 마요. 괜찮으니까."

아일라가 내 뺨을 두 손으로 감싸며 말했다.

나는 아일라의 입술을 쓸었고, 그녀는 따가운지 살짝 인상을 찌푸렸다.

"이렇게 심한데 괜찮다니, 헛소리하지 말고 가만히 있어요."

나는 아일라의 두 손목을 잡고 그녀를 떨어뜨렸다.

"그래서, 얘기 좀 해주면 안 돼요? 블레이크한테도 말 안 한 게 있을 거 아니에요."

"그렇게 듣고 싶어요?"

아일라가 머리를 뒤에 기대며 말했다.

"네."

"그냥 흔한 불행한 사연이죠. 아빠는 술 먹고 때리는 게 매일 반복, 나는 맞는 게 매일 반복."

블레이크와 비슷한 얘기였다.

"그 남자가 또 나를 때릴 때 엄마가 내 딸 건들지 말라고 하면서 밀쳤는데, 칼 들고 죽이려고… 해서…"

아일라의 목소리가 떨렸고, 나는 아일라의 손을 잡았다.

"그래서 그를 밀치고 엄마 끌고 나왔어요. 엄마는 시골에 있는 집에 두고 혼자 살다가 여기 온 거예요."

"같이 안 살았어요?"

"그 남자한테서 도망쳤으면 이제 엄마도 자유롭게 살아야지라고 생각 해서요."

블레이크와 정말 비슷한 사연이었다.

뱀파이어와 인간, 남자와 여자라는 것만 빼면 다 똑같다 하는 게 맞을 정도로.

아일라는 머리카락을 들어 전에 봤던 목의 흉터를 보여줬다.

"목에 이 상처, 죽으려다 생긴 상처에요. 근데 신은 기어코 날 살려두더라고요."

"어쩌다 자살 시도를 한 건데요."

"살기 싫어서…, 너무 비참해서…, 다음 생에는 사랑받고 살고 싶어서…"

"…다 말해줘서 고마워요."

아일라가 뭐라고 중얼거렸지만 듣지 못했다.

"더 말하고 싶은데, 지금 밖에 누가 있네요."

밖에 누군가 있다는 아일라의 말에 나는 일어나 문을 열었다.

그러자 밖에 서 있는 블레이크가 보였다.

블레이크는 내 어깨에 손을 올리더니 아일라에게 다가갔다.

그리고 아일라의 머리카락을 들어 흉터를 보였다.

"어제 이것까지는 말 안 했더라."

"…안 물어봤잖아요."

"어쩌다 이렇게 두드려 맞았냐."

"그러게요, 어쩌다… 이렇게 됐을까요."

"계속해줘."

블레이크가 나를 보며 말했다.

"응."

나는 짧게 대답하고 아일라에게 다가왔다.

난 아일라의 아까 치료한 팔의 반대쪽 팔을 잡았고, 아일라는 팔을 뺐다.

"됐어요, 아프지도 않은데. 놔두면 다 나아요."

"말 들어라."

뒤에서 블레이크의 목소리가 들렸다.

어깨를 살짝 움츠리고 대답했다.

"…네."

아일라의 대답을 듣자 블레이크가 침대 옆에 있는 의자에 앉았다.

블레이크의 시선이 잠깐 바닥을 향할 때 아일라가 그를 무섭게 째려봤다.

저 둘이 투닥거리는 건 항상 재밌다.

나는 피식 웃고 다시 아일라의 팔을 잡았다.

대충 보이는 곳은 다 끝냈고, 아일라에게 물었다.

"다른 데 다친 데 어디에요?"

"됐어요, 인제 그만."

그때 블레이크가 아일라를 째려보는 게 느껴졌다.

"말 들으라고 했을 텐데, 다친 데 어디야."

"…옷 벗어야 하잖아요."

그러자 블레이크가 헛기침했다.

거기서 또 웃음이 터질 뻔했다.

"그럼 어떻게 할 건데."

"배…까지는 괜찮을 것 같은데."

내가 묻자 아일라가 고개를 끄덕였다.

나는 아일라의 배가 드러나게 옷을 살짝 들어 약을 발랐다.

약이 차가운지, 아일라는 몸을 살짝 움츠렸다.

"이렇게까지 심하게 때렸다고."

블레이크의 살벌한 눈빛이 옆에서 느껴졌다.

그가 내 시야에 있지는 않았지만, 그 눈빛이 어떤지 짐작이 갔다.

"그 남자…, 죽었어요?"

아일라는 아까 그 남자가 갑자기 생각난 것 같았다.

"아뇨, 안 죽었어요. 기절만 시킨 거예요."

"그냥 죽이지 그랬어."

블레이크가 끼어들었다.

나는 아일라의 배에 붕대를 감았다.

난 그녀의 옷을 정리해줬다.

"답답해…."

"답답하긴, 참아."

"이렇게 미라처럼 붕대로 칭칭 감는데 어떻게 답답한 걸 참아요."

"매일을 맞았으면 그 정도는 답답한 정도 아니지 않냐."

"치료를 했겠어요? 처음이거든요?"

"처음이라고?"

"당신 말대로 매일을 때리는데 치료를 해주겠어요? 그럴 거면 안 때리고 말지."

아일라가 배에 감긴 붕대를 만지작거리며 말했다.

"물 좀 가져올게요."

나는 아일라에게 조용히 속삭이고 나갔다.

컵에 물을 따르고 다시 방으로 올라가려다 멈췄다.

내가 없이 단둘이 뭔가 얘기할 게 있을 것 같았다.

아일라의 성격으로는 블레이크도 뭔가를 털어놓게 만들 텐데, 그러려면 내가 없는 게 나을 수도 있다.

그래서 식탁 위에 앉아 기다렸다.

멀쩡한 의자를 두고 왜 식탁에 앉은 건지는 잘 모르겠다.

이쯤이면 됐겠지 싶었을 때 컵을 들고 방으로 갔다.

아일라의 방으로 들어가 컵을 건넸다.

"마셔요."

아일라는 물을 쭉 들이키더니 차가운지 얼굴을 찌푸렸다.

그게 귀여워 한 번 웃고 아일라의 옆에 앉았다.

"무슨 얘기 했어요?"

내가 물었지만 아일라는 대답하지 않았다.

그때 블레이크가 말했다.

"자살."

난 꽤 놀랐다.

아니, 정말, 많이 놀랐다.

과거에 관한 얘기도 어두운 얘기라 자리를 피해줬건만, 이런 이야기를 하고 있었다니.

블레이크를 쳐다보니 그는 책을 읽고 있었다.

나나 아일라를 쳐다보지도 않고 있었다.

아일라는 바닥만 쳐다보고 있었다.

"…몸에 그 상처 봤어요?"

블레이크 쪽으로 눈짓하며 속삭였다.

그러자 아일라가 고개를 끄덕였다.

난 그걸 보고 작게 한숨을 쉬었다.

"뭘 그래, 둘 다 죽으려 했던 건 사실이고, 그거에 대해 말하는 게 뭐가 문제야."

이럴 땐 좀 닥치고 있는 게 나을 텐데.

아일라는 그를 째려봤지만, 그는 신경 쓰지 않았다.

"나는 심장에 말뚝 박았고, 쟤는 칼로…."

그러자 아일라가 블레이크의 입을 틀어막았다.

"조용히 좀! 해요…!"

블레이크는 뭔가를 말하려다 아일라의 손 때문에 읍읍거리는 소리만 났다.

그가 좀 조용해지자 아일라가 조심스럽게 손을 뗐다.

"칼로 목을 그었대."

그때 블레이크가 말했다.

아일라는 블레이크를 무섭게 노려봤고, 나는 가만히 있었다.

어릴 때의 아일라 워커는 저 성격을 숨기고 힘들게 살았구나.

칼로 목을 그을 만큼 힘들었구나.

"…힘들었겠네요, 당신 편이 아무도 없어서."

"그 말 옆에 있는 이 자식한테도 들은 것 같은데."

그러자 블레이크가 드디어 책에서 시선을 뗐다.

"이 자식?"

"내 편이 아무도 없었던 건 아닌데."

아일라는 그의 말을 무시했다.

"같은 동네에 남자애 한 명 있었는데 맞는 거 눈치채고 잘 챙겨주더라고 요. 도망친 후로 못 만났지만."

그리고 정적이 흘렀다.

서로 아무 말도 하지 않고 있다가 블레이크가 말했다.

"그 남자애 이름이 뭐야?"

"왜요? 어차피 모를 텐데."

"찾아가 보려고."

"네? 왜요?"

"뭐 죽이려고 찾아갈까 봐? 걱정 마라."

"아니 그런 건 아닌데…, 왜요?"

"궁금해서. 네 편이 되준 그 인간이 누굴지."

"어디 사는 줄도 모르는데 당신이 어떻게 알아요?"

"아, 거참, 말 많네. 그냥 말하라면 말해봐."

"폴 디아즈."

익숙한 그 이름이 불리자 자연스럽게 흠칫했다.

블레이크도 똑같은 것 같았다.

그는 내게 눈짓했고, 나도 똑같이 눈짓했다.

"…왜 그래요?"

아일라가 눈치를 보다 말했다.

"더 아는 거 있어?"

"동갑이고, 가까운 곳에 살았었고, 남자애고, 이름이 폴이라는 것 외엔 없는 것 같은데요?"

살짝 아쉬웠지만, 어쩔 수 없었다.

만약에 디아즈가 어디 사는지를 안다 해도 잡기란 힘들 테니까.

"혹시나 그 남자애 다시 보게 된다면 바로 우리한테 말해야 해."

블레이크가 말했다.

"왜요?"

"잔말 말고 알겠다고 해."

"알겠어요."

블레이크의 '그' 눈빛이 나오자 아일라가 대답했다.

"근데…, 왜인지 좀 알려줘요."

"안돼."

"이유도 안 알려주고 보면 바로 알려달라고 하면 뭐 어쩌라고요…."

"그냥 말 좀 들어."

"잘 듣고 있거든요? 혹시… 죽이려는 거 아니죠?"

"안 죽여."

"죽이지 마요. 부탁할게요."

"안 죽인다니까."

"진짜죠?"

"몇 번을 말해. 내가 걔를 왜 죽여. 본 적도 없는데."

"분위기가 좀… 싸해서요.""싸하긴 무슨."

블레이크가 책을 덮고 일어났다.

아일라는 그걸 보고 흠칫했다.

그리고 블레이크는 나갔다.

나는 한숨을 쉬고 아일라에게 말했다.

"블레이크의 말, 절대 흘려듣지 마요. 그 폴이라는 당신 친구, 좀 위험해요."

"누군지는 알아요?"

"자세한 건 나중에 말해줄게요. 미안해요. 일단 지금은… 좀 쉬는 게 낫 겠어요."

나는 아일라를 눕혔다.

"알려주기 싫다는 말로 들려요."

"아니에요. 꼭 말해줄게요."

나는 아일라의 머리를 쓰다듬었다.

"갈게요, 쉬어요."

그리고 밖으로 나갔다.

옛날이지만 폴 디아즈가 무슨 생각으로 아일라에게 접근했는지 모르겠다.

머지않아 뭔가 큰일이 일어날 것이다.

Isla Walker
아일라 워커

4. 폴 디아즈

4. 폴 디아즈

항상 나의 밤은 똑같다.

'한참을 뒤척이다 겨우 잠에 들었다.'

이 말 말고 표현할 방법은 전혀 없다.

겨우 잠에 들었기 때문에 몇 시간 못 잔 것이 문제라면 문제겠지.

하지만 전혀 졸리지 않았다.

낮에 실컷 잔 적이 한두 번이 아니니까.

이쯤 되면 저 예쁜 정원도 지루하게 느껴진다.

"이렇게 심심한 건 또 처음이네…."

항상 뭔가 사건이 많이 일어났던 내 인생에서 이렇게 지루한 적은 없었다.

그때 문이 열리고 누군가 들어왔다.

이반 아니면 블레이크라는 사실을 알았지만 계속 누워있었다.

"오랜만이네."

익숙하지 않은 목소리가 들려 벌떡 일어나 목소리의 주인을 확인했다.

블레이크와 비슷한 키에 백금발, 초록색과 노란색을 섞어놓은 것 같은 신비로운 눈동자의 남자였다.

"…디아즈."

누군지 몰랐지만, 갑자기 입에서 한 사람의 이름이 튀어나왔다.

"내가 지금 무슨 말을 한 거지…."

조용히 중얼거리고 손으로 입을 막았다.

"기억하네?"

눈이 커진 채 그를 바라봤다.

"너무 오래돼서 기억 못 할 줄 알았는데."

"네가 폴 디아즈야?"

왜인지는 모르겠지만, 목소리가 떨렸다.

"옛날에는 매일 겁에 질린 모습이었는데 편해 보이니까 좋다."

그가 내 쪽으로 다가와 내 옆에 앉았다.

나는 그때까지만 해도 놀란 채 굳어있었다.

"왜 왔어?"

"왜 왔냐니, 친구를 만나러 온 건데."

할 말은 딱히 없었다.

말이 입 밖으로 나오지 않았다.

"왜? 블레이크랑 이반의 말 때문에 날 좀 경계하는 건가?"

뜨끔했다.

얘가 그걸 어떻게 안 거지?

"내가 정곡을 찔렀나?"

"헛소리하는 게 취미니?"

애써 덤덤한 척.

물론 티 나겠지만 어쩔 수 없었다.

"헛소리라기엔 진실인걸?"

"난 진실이라고 말한 적 없어."

"근데 그렇게 생각하고 있잖아?"

"네가 내 생각을 읽기라도 해?"

"아마?"

"아마?"

어이가 없었다.

"그냥 가."

"내가 지금 가면 넌 블레이크한테 갈 거잖아, 아니야?"

"아니야."

"별로 믿음이 안 가는데."

"믿어, 친구라며."

"그런데 넌…."

디아즈는 잠시 말을 멈추다 피식 웃었다.

"날 친구라고 생각한 적 없잖아? 그냥 이용했을 뿐이지."

"뭐?"

얘는 모르는 게 뭘까?

"네 아버지한테 맞기 싫어서 날 만난다는 핑계로 밖으로 나온 거잖아?"

"아니야."

"내가 모를 줄 알았나 봐?"

"…그래, 맞아. 맞는 게 싫어서 널 이용했어."

"처음으로 내 말에 동의했네?"

"그래서 뭐? 따지려고 왔니?"

"아니, 그런 건 아니야. 그땐 날 이용한다는 걸 알았어도 너랑 있는 게 좋았거든."

황당해서 헛웃음을 쳤다.

"어이없다는 표정이네. 진짜인데, 너랑 있으면 좋았어. 왜인지 편안한 느낌이었고."

편안하다기엔 어릴 때의 난 그에게 까칠하게 대했다.

사람을 믿기 힘들었으니까.

처음엔 디아즈를 믿지 않다가 좋은 사람인 것 같아 나도 그를 믿기로 했다.

내가 가진 첫 번째 친구인 사람이었다.

그런데 그런 그가 지금은 믿기지 않았다.

긴장을 늦추면 안 될 것 같았다.

"너무 긴장하지 말고."

아까 했던 말이 진짜인가.

"정말 내 생각이 읽혀?"

그러자 디아즈가 큰소리로 웃었다.

드디어 미친 건가.

"농담이야. 네 얼굴에 다 써있어. 네가 무슨 기분인지, 무슨 생각을 하는지 다 보여."

"내가?"

"그래, 네가."

"난… 그런 적 없어."

"네 잘난 친구들한테 물어보지그래?"

디아즈를 포함한 그 세 명은 서로를 끔찍하게 싫어하는구나.

"그래서 진짜 온 이유가 뭔데?"

"네가 너무 심심해할 것 같아서 좀 놀아주려고 왔는데."

도대체 무슨 말을 하는 건지.

"먹을래?"

그가 웃으며 들고 있던 바구니에서 뭔가를 꺼냈다.

그건 평범한 빵이었다.

"아니, 괜찮아."

"좀 먹어. 뱀파이어가 식사를 제때 제때 챙겨줄 리가 없잖아."

"어떻게 알았어?"

"네가 여기 있는 것도 알고, 이반과 블레이크의 이름도 아는데 그 정도도
모를까."

얘는 도대체 정체가 뭘까.

"또 맞았냐?"

그가 옆에 들고 온 바구니를 내려놓고 붕대 감긴 내 팔을 잡으며 말했다.

"물어봐."

"뭐?"

"궁금한 거 많잖아. 물어보라고."

"…너도 뱀파이어야?"

"흠… 예상 못 한 질문이네."

디아즈가 내 팔을 내려놓으며 말했다.

"난 혼혈이야."

내가 예상 못 한 질문을 했고, 그는 내가 예상 못 한 대답을 했다.

'응'이나 '아니'라는 대답이 나와야 할 질문이었는데 아니었다.

"어머니는 뱀파이어, 아버지는 인간. 또 물어볼 거 있어?"

"…아니."

많았지만, 별로 묻고 싶지 않았다.

"표정이 왜 그렇게 굳어있어. 전에는 내 앞에선 억지로라도 웃었는데."

"그건 옛날이잖아."

"그럼 그냥 갈게. 또 보자."

그가 웃으며 밖으로 나갔다.

"또 보자고."

그의 마지막 한 마디 때문에 폴이 다시 날 찾아올 걸 예상했다.

"이걸 말해야 해, 말아야 해…."

계속 고민하다 블레이크의 방으로 갔다.

노크를 하고 조심스럽게 문을 열었다.

"왜?"

블레이크는 침대에 기대앉아 뭔가를 쓰다 나를 보자 웃으며 말했다.

그리고 침대에 기대 있는 자세에서 침대에 앉아 있는 자세로 바꿨다.

"할 말 있어서요."

"나도 할 말이 생겼어."

할 말이 있다는 게 아닌 할 말이 생겼다는 말에 살짝 의아했지만, 그게 중요한 게 아니었다.

블레이크가 앉으라는 듯 옆을 툭툭 쳤다.

나는 조용히 다가가 그의 옆에 앉았다.

"먼저 말해."

블레이크가 말했고, 난 고개를 저었다.

"먼저 얘기해요."

생겼다는 그 할 말이 궁금했다.

그리고 그의 말투를 봐선 나쁜 소식은 아닌 것 같았다.

그래서 디아즈의 얘기를 한다면 분위기가 안 좋아질 게 뻔했다.

"나 너 좋아하는 것 같은데."

정확히 3초 동안 정적이 흘렀다.

"네?!"

눈을 휘둥그레 뜨고 그를 쳐다봤다.

"아니다."

그래, 그럴 줄 알았어.

장난도 적당히 쳐야지.

"좋아해."

"네?!"

다시 한 번 소리쳤다.

"너 좋아한다고. 좋아하는 것 같은 게 아니라 좋아한다고."

"술 마셨어요?"

"아니."

"그럼 미친 거예요?"

"멀쩡한데."

"몽유병인가? 본인이 무슨 말을 하고 있는지도 모르는 거죠?"

그의 눈앞에서 손을 흔들며 말했다.

"나 안 자고 있는데?"

그러자 블레이크가 내 손을 덥석 잡았다.

"술 마신 것도, 미친 것도, 몽유병도 아니야. 진심인데?"

말이 나오지 않았다.

누군가 내 입을 막고 있는 것처럼.

그냥 넋을 놓고 있다는 게 맞는 걸까.

"대답은?"

그의 한 마디에 정신이 들었다.

잠깐 가만히 그를 빤히 쳐다보고 있다가 그에게 가볍게 입을 맞췄다.

그러다 입술을 뗐고 그제야 내가 무슨 짓을 한 건지 깨달았다.

"미안해요."

블레이크는 내 뺨을 큰 손으로 감싸고 내 입술에 키스했다.

그가 갑자기 내 입술에 자기 입술을 부딪쳤기 때문에 뒤로 살짝 밀려났고 손이 들렸다.

내 두 손은 공중에 뜬 채 가만히 있었다.

그러다 그가 입술을 뗐고 나는 그냥 벙쪄 있었다.

"완벽한 대답이었어."

난 잠깐 아무 말도 하지 않다가 말했다.

"사랑해요."

블레이크는 내 말을 듣고 씨익 웃었다.

그의 미소가 예쁘게 피어났다.

"그래서, 할 말이 뭔데?"

"아…."

"얼른 말해봐."

"그… 아까 폴 디아즈가 찾아왔어요."

그러자 블레이크의 입꼬리가 내려갔다.

"그래서 걔가 어떻게 했어?"

"바구니를 들고 왔는데 그 안에는 빵이 있었어요. 먹으라고 했는데 안 먹었고요."

"그 바구니 가지고 있어?"

"그 짧은 시간 사이에 디아즈가 다시 와서 가져가지 않은 이상 방 안에 있을 거예요."

"가자."

블레이크가 일어나며 말했다.

그와 나는 내 방으로 향했고, 방문을 열자 바구니는 그대로 있었다.

블레이크는 문을 열자마자 바구니 안의 빵을 꺼냈다.

그리고 그 빵을 코에 갖다 대고 냄새를 맡았다.

그러더니 피식 웃고 다시 빵을 바구니에 넣었다.

"불에 태워 버려야겠는걸."

나는 디아즈와 블레이크가 무슨 관계인지는 몰라도 그저 디아즈가 싫어서 그러는 줄 알았다.

"수면제가 들어있네."

블레이크가 바구니를 들어 나를 뒤돌아보며 말했다.

"안 먹길 잘했네요."

블레이크는 나를 지나쳐 가는 줄 알았는데, 갑자기 고개를 숙여 내 입술에 입을 맞췄다.

"뭐…, 뭐하는 거예요…?"

너무 당황스러운 나머지 말을 더듬었다.

블레이크는 웃더니 말했다.

"사귀는데 왜?"

얼굴이 점점 뜨거워지는 게 느껴졌다.

"너 내 여자친구 아니야?"

왜 저렇게 능글맞은지 원.

하지만 그게 싫지 않은 게 더 짜증 났다.

"사랑해."

"그 입 좀…!"

그의 입을 막으며 말했다.

내가 손을 떼자 그가 얼굴을 가까이 다가와 입을 맞췄다.

"차라리 물어요…!"

손등을 그의 입 앞에 댔다.

그가 내 손등의 입을 댔고 나는 눈을 감았지만 아프지 않았다.

손등에까지 입을 맞추는 그 능글맞은 태도에 얼굴이 새빨개졌다.

"지금 네 얼굴 엄청 빨개."

"누구 때문인데…."

그를 째려보며 말했다.

"나 갈게."

블레이크가 웃으며 말했다.

그가 나가자마자 난 벽에 기대 주저앉았다.

"저 남자랑 같이 있으면 내 심장이 남아나질 않을 것 같아…."

조용히 중얼거리며 쿵쾅거리는 심장에 손을 댔다.

"끄아…."

앓는 소리를 내며 한참은 그대로 앉아 심장을 진정시켰다.

그러다 드디어 다리에 힘이 조금씩 들어갔고 일어나 침대에 앉았다.

"저 얼굴로 저런 말을 하면 나보고 뭐 어쩌라는 거지, 죽으라는 건가…."

멍을 때리며 중얼거렸다.

그때 문이 열렸다.

그래, 이쯤이 누군가 들어올 타이밍이지.

들어온 사람은 이반이었다.

안 죽을 거 알면서 왜 매번 이반을 방으로 보내는지.

"어차피 안 죽을 거고, 죽고 싶다 하더라도 칼이나 밧줄도 없는데 왜 자꾸 당신을 보낸대요?"

그가 들어오자마자 물었다.

"그러게요."

이반은 웃으며 내 옆에 앉았다.

그러더니 갑자기 누웠다.

"여기 있으면 심심해 죽겠어요."

"매일 별 같잖은 이유로 여러 명이 들락날락하는 데도요?"

"네, 매일이 똑같거든요."

"그렇긴 하겠네요?"

"아까 디아즈가 찾아왔어요."

"…폴 디아즈요?"

"네."

"그래서 걔가 어떻게 했어요?"

"블레이크랑 똑같은 반응이네요."

"걔가 어떻게 했는데요?"

"아무것도 안 했어요. 그냥… 심심해할 거라면서 놀아주겠다더니 바구니 들고 왔어요."

"그 바구니는요? 어쨌는데요?"

"블레이크가 들고 갔어요. 불에 태워 버려야겠다면서. 바구니 안의 빵에 수면제가 들어있었다네요."

"안 먹었죠?"

"당연하죠."

"잘했어요."

"예전에는 안 그랬는데 뭔가… 찝찝해요. 블레이크가 말한… '만행'도 있고요."

"물론이죠. 그 자식이 멀쩡하진 않으니까요."

"혼혈이래요, 디아즈는."

"알고 있어요."

잠깐 고민하다 조심스럽게 말을 꺼냈다.

"만약에 내가 죽으면 어떨 것 같아요?"

"그런 끔찍한 소리는 하지 마요."

"'만약'이잖아요. 어떨 것 같아요?"

"슬프겠죠? 그동안 꽤 친해졌으니."

"정들지 말았어야 했어…."

조용히 중얼거렸지만, 이반은 그걸 또 들었다.

"죽고 싶어요?"

"그런 말을 스스럼없이 하는 거, 꽤 무서운 거 알아요?"

"말투가 그렇잖아요. 곧 죽을 사람 마냥."

"안 죽죠. 내가 왜 죽어요. 그리고 '만약'이라는 말을 붙였고요."

"이제는 좀 더 자주 찾아와야 하나."

"안 죽는다고요."

웃으며 말했다.

"네, 믿어요."

이반은 웃으며 말했다.

"자, 이제 안 죽은 거 확인했으니 가봐요."

"흠… 불안해서 좀 더 있다가 갈래요."

"나 안 죽을 건데."

"그냥 좀 있게 해주면 안 돼요?"

"되죠."

나도 그의 옆에 누우며 말했다.

"당신은 마법을 믿어요?"

"내가 마법을 쓸 수 있는데요?"

"아니 그거 말고요. 뱀파이어가 아닌 존재 중에 마법을 쓸 수 있는 게 있다고 믿냐고요."

"뱀파이어가 있는데 있을 수도 있죠?"

"만약에 인간이 마법을 쓸 수 있다면 어떨까요?"

옆을 돌아보며 말했다.

"마법 쓰고 싶어요?"

그러자 이반도 나를 돌아봤다.

그는 웃으며 말했고 잠시 정적이 흘렀다.

"네, 편할 것 같아서요. 당신도 막 순간이동하고 다니잖아요."

"편하겠죠? 하지만 인간은 마법을 못 써요."

"…네, 그렇죠."

"너무 실망한 거 티 나는데요? 실망하지 마요, 마법 못 써도 지금까지 잘 살았잖아요."

"그래요. 그렇죠."

한숨을 쉬며 말했다.

"있잖아요, 이런 질문 하는 거 좀 눈치 보이긴 하는데…"

잠깐 망설이다 말을 이었다.

"블레이크 자살하려고 했던 거 왜 그랬어요? 그리고 누가 심장에 말뚝을 박아줬어요?"

이반이 살짝 움찔했다.

"싫으면 대답 안 해줘도 되고요."

다시 몸을 돌리며 말했다.

"이유는 살기 싫어서라고 했고, 말뚝은 박아준 건… 저였어요."

친구의 자살을 돕는다는 말이나 다름없다.

"둘 다 힘들었겠네요."

"부탁했을 때 울고불고 난리도 아니었어요. 죽지 말라고 했는데 부탁이라고, 원한다고 하더라고요."

울고불고 난리도 아니었던 이반의 모습이 상상이 안 간다.

블레이크가 부탁이라고 하는 모습도.

"블레이크는 웃통 벗고 무표정으로 있는데, 나는 그 앞에서 울면서 꼭 그래야겠냐고 그러고…."

이반이 피식 웃으며 말했다.

"블레이크가 죽는 것에 실패한 걸 알았을 땐 오묘한 기분이었어요."

그렇겠지.

친구가 살기 힘들어서 죽여달라고 부탁했는데, 그걸 실패한다면 친구가 살았으니 본인은 좋다.

하지만 친구는 여전히 괴롭다.

"그때가 몇백 년 인생에서 가장 힘들었던 시기였어요. 나한테도, 블레이크한테도."

"블레이크가 나빴네요. 죽고 싶으면 혼자 죽지, 친구까지 힘들게 하고."

이반은 피식 웃더니 일어나 앉았다.

그러자 나도 따라 일어나 앉았다.

"지금 생각해보면 그때 나에게 부탁한 게 고마워요."

이반이 누워서 흐트러진 머리를 정리해주며 말했다.

"날 그만큼 믿는다는 거고, 죽을 계획이었다는 걸 제일 먼저 알게 해줬잖아요."

이 둘이 언제부터 친했는지는 모르겠지만, 진정으로 서로를 생각하고 아끼는 건 알겠다.

"진짜 안 죽을 것 같으니까 갈게요."

"원래부터 죽을 생각 없었거든요?"

웃으며 일어나는 이반을 올려다봤다.

원래 키도 이반이 더 큰데 앉아 있기까지 해서 목이 아플 정도였다.

이반은 씨익 웃으며 밖으로 나갔다.

이제 대화를 할 사람도 없는데 뭘 할지 모르겠다.

"으아, 뭐라도 할 건 있어야지. 이 상황에서 나 혼자 뭐 어쩌라고!"

이반이 정리해줬던 머리가 흐트러지든 말든 상관하지 않고 머리를 헝클어 뜨렸다.

그리고 그대로 드러누웠다.

'차라리 일이라도 시켰으면 바쁘게 돌아다니지 않았을까.'라는 쓸데없는 생각을 하며 누워있었다.

도저히 그 상태로 버티기에는 너무 심심해서 밖으로 나갔다.

그리고 가본 적 없는 뒷마당 쪽으로 가보니 앞마당과는 다른 곳이라는 걸 알았다.

앞마당은 따뜻한 봄 같은 분위기였다면 뒷마당은 소설에서나 나올 법한 신비로운 숲 같은 분위기였다.

작게 감탄사를 흘리고 걷기 시작했다.

그곳은 끝이 있을까 싶을 정도로 컸다.

마당의 수준이 아닌, 그냥 숲이었다.

이것 덕분에 적어도 지금만큼은 지루하지 않을 것 같다.

나무는 숲을 빽빽하게 채웠고, 잠시 걸으니 호수가 눈앞에 펼쳐졌다.

여기는 담벼락이라는 게 있을까 궁금해졌다.

물은 굉장히 맑아 보였고, 물속에는 아무것도 없었다.

쭈그려 앉아 물속에 손을 담그자 차가운 온도가 손끝에 느껴졌다.

일어나 손을 털고 옆으로 걸었다.

앞으로는 걸어갈 수 없으니 어쩔 수 없이 호숫가를 따라 걸어갔다.

"여긴 넓어서 매일 와도 새롭겠는데."

씨익 웃으며 중얼거렸다.

계속 걷다 보니 앞에 좀 낡은 부둣가가 있었다.

살짝 발을 뻗어 무너지지 않을지 확인했다.

겉모습은 낡아 보여도 사람 하나 정도는 올라갈 수 있을 것 같았다.

끝에 서서 신발을 벗고 앉아 발을 물에 담궜다.

차디찬 물이 내 발에 닿았지만, 못 버틸 정도의 차가운 온도는 아니었다.

여기서 수영한다면 더위가 싹 사라질 것 같았다.

그러다 일어났고, 난 신발을 신지 않고 걸었다.

물에 젖어 신발을 신지 않은 것도 있지만, 저 풀 위에서 맨발로 걷는 게 좋을 것 같았다.

발에 닿는 그 간지러운 느낌이 싫지 않았다.

그때 많은 나무 중 유난히 눈에 띄는 나무가 있었다.

다른 나무와는 다르게 나무 기둥이 이끼로 덮인 나무였다.

이끼 때문인지 가장 커서인지 모르겠지만, 그 나무가 가장 눈에 띄었다.

조심스럽게 손을 뻗어 나무를 만졌다.

그때 내 손이 닿은 곳에서 작은 빛이 뿜어져 나오더니 익숙한 모습이 나타났다.

요즘 왜 이렇게 자주 보는지 원.

아주 지독한 악연이야.

조용히 뒷걸음질 치다 뒤돌아 도망치려던 때 뒤에서 내 머리채를 잡았다.

전과 비슷한 상황이었고, 비명은 나오지 않았지만 아팠다.

아빠라고 부르기 싫어서 뭐라고 불러야 할지 모르는 그 사람은 나를 돌려세우고 내 목을 졸랐다.

점점 숨이 막히고 정신을 잃어갈 때쯤 난 발로 그 사람의 배를 세게 찼다.

그는 뒤로 밀려났고, 난 그 틈을 타 도망쳤다.

그 숲을 나와 앞마당으로 갔다.

제자리에 서서 숨을 쉬고 있을 때 뒤에서 인기척이 느껴졌다.

그리고 내 앞으로 그림자가 생겼다.

뒤의 뭔가가 내 어깨를 툭툭 건드렸고, 그와 동시에 나는 뒤로 발차기를 했다.

내 뒤의 그것이 내 발에 맞기 직전 난 그것이 뭔지 확인하고 멈췄다.

그건 양산을 쓰고 있는 블레이크였다.

나는 블레이크인 것을 확인하고 발을 내렸다.

"와우, 너랑 싸우면 내가 지겠는데?"

"미안해요, 공격을 받아서 좀 예민했나 봐요."

"공격?"

그가 눈썹을 추켜세웠다.

"저기 숲에서 한 나무를 만졌더니 아버지가 나타나서 목을 졸랐어요."

"그 나무는 안 건드리는 게 좋아. 만진 사람이 가장 무서워하는 걸 보여주는 나무거든."

"뭐 그딴 나무가 다 있어요?"

"평범하진 않지?"

"왜 저런 게 있어요?"

"침입자 내쫓으려고. 인간은 가장 무서워하는 게 보이면 냅다 도망치잖아."

"아, 네, 저도 '그게' 무서워서 냅다 도망쳐왔어요. 가짜라면 진짜 목을 조르진 않았어야죠."

"꽤 진짜 같지?"

"진짜 같은 수준이 아니라 그냥 진짜예요. 목을 졸랐다니까요?"

"아팠겠네, 어떻게 도망쳤어?"

"발로 걷어차고 그냥 뛰었는데요."

그러자 블레이크가 피식 웃었다.

"미안해."

그리고 그가 내 입술에 입을 맞췄다.

그대로 몸의 모든 움직임이 멈춘 것 같았다.

"이런 거 그만 좀 해요…."

기어들어 가는 목소리로 중얼거렸다.

"왜? 너무 설레?"

"더하면 양산을 확 던져버리는 수가 있어요."

"그러면 네 애인이 죽겠지?"

그의 말을 듣자마자 양산을 잡고있는 그의 손을 잡았다.

"더 해봐요."

더 하면 바로 내가 말한 것을 실행하겠다는 협박이 담긴 눈으로 그를 쳐다봤다.

"사랑해."

"나도요."

한 번 웃고 앞으로 걸어갔다.

그때 뒤에서 뭔가 치는 게 느껴졌다.

"윽."

블레이크가 달려와 날 안은 것이었다.

"뛰는 속도를 좀 줄일 필요가 있어요."

"뱀파이어라 뛰면 이렇게 빠른데 어떡해."

"이렇게 빠르게 뛰어와서 안으면 아파요."

"근데 싫지는 않잖아?"

"네, 그런데요?"

블레이크는 웃고 나를 더 세게 안았다.

양산 손잡이가 내 배에 닿았다.

"이제 좀 들어가면 안 돼요? 언제까지 이러고 있을 건데요?"

그러자 블레이크가 얼굴을 내 어깨에 파묻었다.

"놔요, 들어가게."

블레이크는 나를 놔줬고, 나는 문을 열고 들어갔다.

"왜 나갔어?"

"너무 지루해서요."

"하긴, 그 방 안에서 할 게 뭐가 있겠어."

"그걸 이제 알았어요? 대단하네요."

"그럼 내 방 가자."

"그 어두컴컴한 방에서도 할 건 딱히 없을 것 같은데요."

"책도 많고, 얘기할 잘생긴 남자도 있고."

"'잘생긴'은 빼죠."

"맞잖아?"

"맞으니까 더 짜증 나는 거예요. 빼요."

"얘기할 남자도 있고."

"좋아요."

그가 '잘생긴'을 빼자 바로 대답했다.

그리고 내가 앞장서 그의 방으로 향했다.

방문을 열자 역시나 어두웠다.

"촛불이라도 켜죠. 너무 어두워요."

"라이터 있어?"

"전에는 촛불 켜고 글 쓰더니, 라이터도 없어요?"

그를 쳐다보며 주머니에서 라이터를 꺼냈다.

"그럼 넌 왜 라이터 갖고 있는데?"

"불 지르고 다니려고요."

그러자 그가 피식 웃었고 나는 살짝 탄 심지에 불을 붙였다.

"이제야 좀 낫네."

라이터를 다시 주머니에 넣으며 말했다.

"책 읽어도 돼요?"

"당연하지."

책꽂이 쪽으로 갔다.

"이 중에서 제일 좋아하는 책이 뭐에요?"

"뱀파이어 죽이는 법."

손가락으로 책을 만지며 옆으로 가다가 멈칫했다.

그와 동시에 그가 말한 제목의 책이 보였다.

"그걸 왜요?"

"걱정 마. 또 자살 시도할 생각은 아직 없거든."

아직이라는 말이 마음을 불편하게 했다.

"그냥… 웃기잖아. 인간들이 다 아는 것처럼 쓰는 게 웃겨서."

"순간 놀랐잖아요."

"뱀파이어에 관한 미신, 거기 다 적혀 있을걸?"

"뭣도 모르는 것들이 혼자 떠들면 우습죠."

"한 번 읽어봐. 엄청나게 심각한 글처럼 보이는데 나한테는 그냥 웃겨."

"아무것도 모르는 인간들은 이걸 심각하게 읽을걸요?"

그 책을 꺼내며 웃었다.

그리고 옆에 있던 그의 침대에 앉았다.

"전에도 느꼈는데, 당신 침대 진짜 푹신해요."

"그럼 여기서 잘래? 평생."

"이상한 말 하지 말고 책이나 읽으시죠?"

블레이크는 내 옆에 앉았다.

그리고 내 어깨에 머리를 기댔다.

"무거워요, 떨어져요."

"싫은데."

그는 머리를 내 어깨에 기댄 채 나와 동시에 내 손 위의 책을 읽었다.

갑자기 블레이크가 내 어깨에서 떨어졌다.

"엄청 아팠어요."

책에서 시선을 떼지 않고 웃었다.

"아일라."

"응?"

"나 봐."

고개를 돌리자 갑자기 그가 내게 키스했다.

그러다 곧 그가 입술을 뗐고 난 그대로 벙쩌 있었다.

"귀여워."

그가 웃으며 말했고, 그제야 상황 파악이 됐다.

그리고 얼굴이 점점 빨개졌다.

"얼굴이 왜 이렇게 빨개졌을까?"

그가 내 뺨을 가볍게 감쌌다.

"진짜 몰라서 물어요?"

"아니, 잘 알지."

"이러려고 데려왔죠."

"당연하지."

"진짜 치사해. 갑자기 그렇게 훅 들어오면 난 어떡하라고요."

"너 당황하는 게 너무 귀엽거든."

"왜 그렇게 변했어요. 전에 그 무섭던 뱀파이어는 어디 가고."

"네가 바꿔놨잖아."

"나도 당신이 당황하면서 얼굴 빨개지는 거 보고 싶은데."

"못할걸?"

"당신처럼 능글맞은 거 저는 못 해요."

"네가 나처럼 능글맞은 거 보고 싶네."

"난 못해요. 그러니까 책이나 읽어요."

읽던 책을 덮고 그에게 건넸다.

그는 책을 받지 않고 옆의 책꽂이에서 책 한 권을 꺼냈다.

그리고 그는 갑자기 내 무릎에 누웠다.

"아까는 어깨더니 이번엔 무릎이에요? 무겁다니까."

"난 아무것도 못 들었어."

그가 책을 들며 말했다.

나도 책을 읽기 시작했고 한참 후 다리가 저려 왔다.

그래서 블레이크에게 말을 걸려고 했다.

그런데 그는 책을 얼굴에 올린 채 자고 있었다.

황당해서 피식 웃고, 얼굴 위의 책을 치워주고, 흐트러진 머리를 손으로 정리해줬다.

그리고 가만히 그의 얼굴을 바라봤다.

"왜, 너무 잘생겼어?"

그때 그가 갑자기 눈을 뜨더니 잠긴 목소리로 말했다.

"언제부터 깨어있었어요?"

이렇게 자연스럽게 대답을 회피한다.

"방금 깼는데."

"이제 일어나요. 다리 아파요."

그의 머리를 들며 말했다.

그는 웬일인지 순순히 일어났다.

"이제 갈게요. 책만 읽었더니 졸려요."

"졸리면 자야지."

"네."

대답하고 일어나는 순간 뒤에서 그가 날 끌어당겼다.

"으아!"

"근데 여기서 자도 되잖아."

"헛소리 말고 놔요."

그의 손을 떼려고 했지만, 그는 날 놔주지 않았다.

"여기서 자. 그 잘난 인간의 온기 느끼고 싶어서."

나는 겨우 몸을 돌려 그를 바라봤다.

"인간의 온기 느끼려면 제대로 하시죠. 무작정 힘만 주지 말고."

그 말을 하고 그에게 입맞춤하며 껴안았다.

그리고 입술을 떼자 얼굴이 화끈거리는 게 느껴졌다.

"먼저 키스한 건 넌데 왜 네 얼굴이 빨개져?"

"말했잖아요, 난 능글맞은 거 못한다고."

"재밌었어."

"재밌다는 말이 나오는 거 보니 난 당신을 설레게 하기엔 부족한가 보죠."

"충분해. 너 자체로."

"그런 말을 못 하겠어요, 난."

"난 더한 말도 하는 사람인데 뭐."

"뒤끝도 엄청 기네요."

"아니거든. 얼른 자기나 해."

블레이크가 나를 안았다.

그래서 그의 얼굴이 보이지 않았다.

"왜요? 그 잘생긴 얼굴 보고 싶은데?"

"이런 말 잘하네. 못하기는."

"겨우 한 말이에요. 지금 너무 창피해요."

"왜, 귀여웠는데."

나는 대답을 하지 않고 그냥 눈을 감았다.

낮에 한참을 돌아다녀서 지친 건지 금방 잠에 들었다.

다음 날 일어나보니 블레이크는 날 안은 채 자고 있었고, 이른 시간인 것 같았다.

어떻게 날 안은 채로 잘 수 있는지는 모르겠다.

나는 조심스럽게 그의 품에서 벗어나자 그가 움찔했다.

깼나 싶어 움직임을 멈췄지만, 깨진 않은 것 같았다.

난 그의 허리까지 내려온 이불을 올려주고 의자에 앉아 턱을 괴고 그를 쳐다봤다.

나는 일어나 책꽂이 쪽으로 갔다.

그리고 어제 읽던 그 『뱀파이어 죽이는 법』을 꺼내 펼쳤다가 덮고 다시 끼워 넣었다.

다른 책을 꺼낸 후 다시 의자에 앉았다.

그건 그냥 흔한 로맨스 소설이었고, 한참을 그 책만 읽고 있었다.

그때 미동도 없이 누워있던 블레이크가 살짝 움직였다.

블레이크를 쳐다봤지만, 그는 눈을 감고 있었다.

"일어났어요?"

그러자 그가 한쪽 눈을 떠 나를 쳐다봤다.

나는 책을 덮어 옆에 올려두고 침대 위로 올라갔다.

"피곤해…."

그가 잠긴 목소리로 중얼거렸다.

"일어나요."

웃으며 그의 옆에 누웠다.

그러자 블레이크는 나를 껴안았다.

"안으라고 누운 거 아니에요, 깨우려고 누운 거지."

"조금만 이러고 있자. 졸려."

"일어나라니까."

나는 그의 손을 떼고 뒤로 물러났다.

그리고 그의 이마에 가볍게 입을 맞췄다 뗐다.

그러자 절대 열리지 않을 것 같던 그의 눈이 떠졌다.

"이제 일어나요."

블레이크는 순순히 일어났다.

그리고 내게 키스하려고 했지만, 내 손에 막혀 실패했다.

그는 전혀 무섭지 않은 눈빛으로 나를 째려봤다.

"무슨 책 읽고 있었어?"

그는 포기한 건지 내가 올려둔 책을 보며 말했다.

"내가 책 읽은 거 알고 있다는 건, 아까부터 깨어있었다는 말이네요?"

"깨긴 했지만 일어나기 싫었어. 네가 책 읽는 것만 보이고."

"그냥 흔해 빠진 로맨스 소설이에요."

그 책을 블레이크에게 건네며 말했다.

"책꽂이에 이게 있는 걸 보니까 좋아하나 봐요? 이런 면도 있었네?"

"그 책 딱 한 번 읽었어. 그마저도 읽다가 덮었고. 지루한 책이야."

"흠… 안 믿기는데."

"딱히 상관은 없잖아? 내가 그 책을 좋아하든 말든."

"그렇죠."

나는 그냥 일어나서 나가려고 했다.

"왜 벌써 가?"

"벌써라뇨. 어젯밤부터 계속 여기 있었는데요? 시킨 대로 여기서 잤으니 이제 가야죠."

"좀 더 있다가 가."

"됐어요."

문고리를 잡으려던 그때 뒤에서 블레이크가 내 손을 잡아 돌렸다.

그리고 손을 벽에 두고 날 빠져나오지 못하게 가뒀다.

"그냥 있으라니까."

자다 깨서인지 그의 목소리는 더 낮게 깔렸다.

난 이번에도 지기는 싫어서 그의 어깨를 잡고 밀어 자세를 반대로 바꿨다.

그가 나보다 더 컸기 때문에 어깨 위로 손을 올리기에는 좀 힘들었다.

그래서 블레이크의 어깨를 잡았다.

그는 피식 웃었다.

지금 상황이 우습긴 하지.

"됐다니까요."

웃으며 그 손을 떼고 문을 열었다.

그리고 내 방으로 돌아갔다.

지루한 방보다는 블레이크와 같이 있는 게 더 낫긴 하겠지만 돌아왔다.

침대에 앉아 생각에 잠겼다.

이 방 안에서는 생각에 잠기는 것 말고는 할 수 있는 일이 딱히 없다.

블레이크를 생각했다.

처음엔 몰랐던 그의 따뜻한 모습을 생각했다.

그렇게 시간이 흘렀다.

Isla Walker

아일라 워커

5. 크리스마스

5. 크리스마스

몇 달이 지나고 집에도 변화가 생겼다.

겨울이 찾아오고 크리스마스가 다가왔다.

물론 뱀파이어가 예수의 성탄을 축하하는 크리스마스를 챙길 확률은 적다 못해 찾아보기도 힘들 테니까.

날씨가 점점 추워지며 눈이 오기 시작했다.

창가에 앉아 미소 지으며 눈을 구경했다.

마음이 편안해지는 기분이었다.

도저히 방 안에만 있을 수는 없어 밖으로 나갔다.

마당에 있는 큰 나무 앞에서 눈을 만지작거렸다.

손이 찼지만 딱히 신경 쓰지 않았다.

그때 뒤에서 기척이 느껴졌다.

뒤를 돌아보니 블레이크가 미소 지은 채 서 있었다.

그 짧은 시간에 아직 낮인데 어떻게 나왔을까 생각해봤다.

하늘이 어두워 햇빛이라곤 찾아볼 수 없었다.

그게 그가 나올 수 있는 이유인 것 같았다.

"왜 그렇게 쳐다봐요?"

"예뻐서."

"등 돌린 상태였는데?"

"뒷모습조차 예쁘더라고."

"뻔뻔하긴."

"진심이라 뻔뻔해도 돼."

"그렇다고 치죠."

"그렇다고 치는 게 아니라 진…."

"아, 그만, 그만."

내가 그의 말을 끊으며 말했다.

"근데 다른 뱀파이어는 어디서 살아요?"

"다른 뱀파이어?"

"네, 여기서 안 사는 다른 뱀파이어도 있을 거 아니에요."

"나는 모르지. 노숙이라도 하나?"

"그럴 리가요."

"그렇긴 하지."

"궁금한데."

"내가 뱀파이어 제국의 황제가 된다면 알 수 있으려나?"

"재미없거든요?"

"알겠어."

블레이크의 웃는 소리가 들렸다.

"가끔 눈은 좋은 무기가 되죠."

"안에 칼이라도 숨겨져 있나?"

"아뇨. 당연히…."

그리고 몰래 만든 눈 뭉치를 블레이크에게 던졌다.

눈 뭉치는 그의 얼굴에 명중했고, 난 그걸 보고 웃음이 터졌다.

눈을 감고 있던 그는 씨익 웃더니 다시 눈을 뜨고 허리를 숙여 눈 뭉치를 만들기 시작했다.

나는 서둘러 나무 뒤에 숨었고, 아무 소리가 들리지 않았다.

그래서 난 조용히 고개를 내밀었는데 블레이크가 없었다.

난 다시 고개를 돌리자 블레이크가 내 눈앞에 있었다.

나는 너무 놀라 비명을 지르고 뒤로 넘어질 뻔했다.

그러자 블레이크가 날 껴안아 같이 넘어졌다.

그 덕분인지 아픈 곳은 없었다.

그에게서 좋은 냄새가 났다.

나는 일어나려고 했고 블레이크가 잡아당겨 다시 눕게 됐다.

"…뭐해요?"

"냄새 좋네. 숨겨둔 향수라도 있나 봐?"

"있겠어요?"

"하긴, 향수 따위가 어딨겠어."

"당신도 냄새 좋은데요, 많이."

"그럼 이대로 있어도 되겠네."

"차가운데."

"내가 따뜻해. 괜찮아."

"뱀파이어면서 따뜻하긴 무슨."

"네가 날 따뜻하게 해줘야 나도 널 따뜻하게 해줄 수 있지."

"헛소리를 참 정성스럽게 하네요."

"너에 관한 모든 것을 정성스럽게 하고 싶어."

"비키기나 해요."

눈앞에 있는 그의 가슴을 밀치며 말했다.

"아야, 아파."

"엄살 부리지 말고요."

"진짜 아픈데. 하필 네가 때린 데가 흉터가 있는 데라서."

"…진짜요?"

"응, 진짜 아픈데. 너무 아파."

"너무 멀쩡해 보이는데요?"

"억지로 참고 있는 거야. 지금 너무 아파."

"미안해요."

"그렇다면 대가를 치러야지."

"인간은 목숨 하나에요, 알죠?"

"알지."

블레이크가 피식 웃으며 말했다.

"그럼 뭘 원하는데요? 목숨만 아니면 다 되는데."

"다?"

"좀 불안한데. 뭘 원하는데요?"

"다 들어준단 말이지…."

"알았으니까 원하는 거나 말해요."

"키스해줘."

"갈게요."

웃으며 일어났다.

하지만 블레이크가 내 손목을 잡았다.

"나 아직 아픈데 용서는 구해야지."

"미안하다고 했잖아요."

"많이 아파. 네 힘이 너무 세서."

"나 그렇게 세게 안 때렸는데."

"힘세던데? 싸움이라도 했나 봐?"

"네?"

"…뭘 그렇게 당황해. 농담이야."

블레이크가 일어나며 말했다.

"그래서, 키스해줄 거야?"

살짝 어색해진 분위기를 풀려고 한 건지 그가 웃으며 말했다.

"해줄까요, 말까요?"

"너 때문에 많이 아픈데."

"진짜 엄살도 심해…."

"엄살 아닌데? 진짜 너무 아파."

"키스하면 아픈 게 괜찮아져요?"

"그럴 수도 있지? 사랑의 힘으로 치료가 될지 누가 알겠어?"

"아주 동화 같…."

내 말을 끊고 블레이크가 내게 키스했다.

난 갑자기 밀려났고, 뒤로 넘어지려 할 때 블레이크가 내 머리를 잡아 조심스럽게 눕혔다.

그리고 난 그의 어깨를 살짝 밀었다.

블레이크는 작은 미소를 짓고 다시 얼굴을 들이밀었다.

난 다시 그의 어깨를 밀었다.

"뭐 하는 거예요…."

기어들어가는 목소리로 말하자 블레이크가 피식 웃었다.

"그냥 해주면 되지, 말이 많길래."

나는 가만히 눈동자만 굴리고 있었다.

"얼굴이 활활 불타고 있는데? 어디 아픈가?"

"재수 없어."

그를 흘겨보며 말했다.

"너무 잘생겨서 재수 없는 건가?"

"그 이유도 없진 않아요."

"내가 재수 없을 만큼 잘생기긴 했어?"

"맞는 말만 해서 더 짜증 나요."

"너도 예뻐. 재수 없을 만큼."

"말이라도 참 고맙네요."

"진짠데?"

"늙으면 못생겨질 텐데."

"한참 뒤에 해야 할 걱정을 벌써부터 하면 어떡해."

"늙으면 당신한테 사랑 못 받을까 봐 걱정돼서요."

장난스러운 말투로 말했지만, 블레이크는 정색했다.

"왜… 그래요?"

"아일라, 난 네가 늙든 말든 상관없어. 평생 사랑할 거야."

"장난인데 왜 그렇게 진지해요."

"일어나. 땅바닥 차갑잖아."

그가 일어나 내게 손을 뻗으며 말했다.

"차갑다고 했을 때는 따뜻하게 해준다고 뭐라 하더니."

"춥지 않아? 안 추우면 더 누워있고."

블레이크가 다시 드러누웠다.

"감기 걸려요. 들어가죠."

"뱀파이어인데 감기 따위 걸리겠어?"

"내가 감기 걸리겠어요."

"그럼 얼른 들어가자."

나는 창문 앞에 섰고 점프해 창가에 걸터앉았다.

"왜 문으로 안 다녀?"

"여기가 더 편해서요."

"네가 편하다면 상관없지만…"

"그럼 그냥 상관없는 일로 넘기죠."

"그래, 들어가."

"네."

그리고 곧, 크리스마스가 찾아왔다.

크리스마스라고 해서 딱히 변한 건 없었다.

당연하지.

뱀파이어가 트리를 꾸미고 선물을 주고받는 것보다 우스운 게 어딨겠는가.

하지만 난 달랐다.

난 인간이고 크리스마스 분위기를 즐겨도 이상하지 않았다.

그래서 하얀 눈이 쌓인 마당을 바라보며 조용히 속삭이듯 크리스마스 캐롤을 불렀다.

그렇게 나 혼자 크리스마스를 만끽하고 있을 때 문이 열렸다.

이반이었다.

그 자세 그대로 고개만 돌려 그를 쳐다보고 있었다.

이반은 내게 다가오더니 뭔가를 건넸다.

"이게… 뭐예요?"

"메리 크리스마스, 아일라."

"설마… 크리스마스 선물이에요?"

"네."

뱀파이어가 크리스마스를 챙기는 것보다 우스울 건 없다고 생각했는데 좀 당황스러웠다.

"뱀파이어가 크리스마스를 챙겨요?"

"올해는 다르죠. 당신과 함께 챙기는 크리스마스잖아요."

"어…, 그게….."

"마음에 안 들어요? 내가 선물을 줘서?"

이반의 표정이 살짝 시무룩하게 변했다.

"아뇨, 아뇨. 그런 게 아니에요. 고마워요."

"그럼 왜 그래요?"

"어… 뱀파이어가 크리스마스를 챙기길래요."

"좀 우스운 일이긴 하죠?"

좀이 아니라 엄청이요.

"아, 뭐… 상관은 없죠."

"그럼 얼른 열어봐요."

정성스럽지만 약간은 서투르게 묶여 있는 리본을 풀었다.

상자 안에는 상자 크기와는 조금 다른 브로치가 있었다.

하얀 꽃 주위로 파란색과 초록색의 작은 보석이 박혀 있었다.

"우와… 예뻐요."

"마음에 든 것 같아 다행이네요."

"어디서 구했어요?"

"예전에 우리 시장 갔을 때 샀는데 그… 일 때문에 못 줬거든요."

"아…"

이반은 허리를 숙여 브로치를 달아 주었다.

"어울려요."

"아닐걸요? 워낙 예뻐서 나랑은 안 어울릴 거에요."

"어울리는데요. 당신도 예뻐요."

"그렇다면 고맙고요."

나는 브로치를 만지작거렸다.

"미안해요. 이런 선물은 예상 못 해서 아무것도 준비 못 했네요."

"뭔가를 원해서 준 것도 아닌데요, 뭘. 그냥 당신이 그걸 달고 있는 걸 보고 싶었어요."

"나갈래요?"

"밖으로요?"

"네, 오늘 눈이 와서 그런지 햇빛이 없어요. 블레이크도 멀쩡하더라고요."

"당신이 원한다면야."

나는 창문을 열고 밖으로 나갔다.

그러자 이반도 따라 나왔다.

"뭐 하고 싶은 거라도 있어요?"

"아뇨. 그냥 당신이랑 산책이라도 하고 싶어서요."

"언제든 원한다면 불러요. 같이 산책해줄게요."

그리고 이반은 앞서 걷기 시작했다.

땅에는 그의 큰 발자국이 있었다.

"생각보다 발이 크네요."

그러자 이반이 뒤돌았다.

"응?"

"발자국이 크길래요."

"당신이 작은 거예요."

"나 그렇게 작진 않거든요?"

"그럼 이리 와봐요."

이반이 손을 뻗었고, 나는 그 손을 잡았다.

"여기 서봐요."

나는 이반이 가리킨 곳에 섰고, 이반은 그 옆에 섰다.

"자, 이제 옆으로 나와요."

나와 이반은 동시에 옆으로 비켰고 발자국이 보였다.

"당신이 훨씬 작잖아요."

"아빠랑 딸이라도 해도 믿겠는데요."

쭈그려 앉아 두 발자국을 쳐다보며 말했다.

"그렇게 말하니까 내가 너무 늙은 것 같은데요."

"당신이 나보다 나이 많은 건 사실이잖아요."

"그렇긴 하죠."

그때 앞에 있는 보라색 꽃이 보였다.

나는 그쪽으로 다가가 꽃을 꺾었다.

"눈이 내렸는데도 예쁘게 폈네요."

앞에 있는 벤치에 앉으며 말했다.

그러자 이반도 내 옆에 앉았다.

"그러게요, 정말 예쁘네요."

"추웠을 텐데 잘 버텼나 보죠."

"아일라, 당신도 힘든 일이 있으면 포기하지 마요. 결과는 이 꽃처럼 예쁠 거예요."

"이상한 말 하지 마요. 이 꽃이라도 줄까요? 크리스마스 선물로."

"고맙네요."

이반은 피식 웃으며 꽃을 받아들었다.

그렇게 둘 다 아무 말 없이 하늘만 쳐다보고 있었다.

그리고 그때 이반이 말을 걸었다.

"안 추워요?"

"조금?"

"그렇게 얇게 입고 다니다가 얼어 죽어요."

"안 죽어요. 겨우 이 정도로 죽는 사람이 어딨어요."

"연약한 당신이라면 그럴 수도 있죠."

"나 전혀 연약하지 않아요. 힘도 센데?"

"네, 그래요."

이반이 웃으며 말했다.

"믿는 척이라도 해주면 안 돼요?"

그를 째려보며 말하자 이반이 크게 웃었다.

"믿어요, 믿어."

"진짜 너무하네."

이반은 입고 있던 갈색 코트를 덮어 내게 둘러줬다.

"나 괜찮아요."

"뱀파이어는 적어도 얼어 죽을 일은 없어서요. 당신이 죽기 전에 제가 잘 보살펴야죠."

"내가 아주 어린 아기라도 되는 것처럼 말하는데 죽을 것 같을 때는 내가 제일 잘 알아요."

"뱀파이어 입장에서 당신은, 아주 어린 아기 맞아요."

"하필 당신이 인간이 아니라 할 말이 없네요."

"근데 적어도 대화는 가능하니까 그냥 어린이라고 해두죠."

"청소년이라 하는 건 어때요?"

"제 입장에서 당신이 청소년이 되려면 적어도 50살은 넘어야 해요."

"그래요, 어린이 합시다."

"그럼, 아가야, 진짜 감기 걸리기 전에 들어갈까?"

이반이 얼굴을 들이밀며 말했다.

"어린이라고 하겠다더니?"

"마음이 바뀌었어요."

"그럼 뭐 울어야 하나?"

"그럴 필요는 없어요. 원한다면 그래도 되지만."

"원하지 않아요."

"그럼 들어가죠."

나는 다시 방 안으로 들어갔다.

이반은 방 밖에서, 난 안에서 서로를 바라봤다.

"그럼 어린이는 이만 들어가볼게요."

"삐쳤어요?"

"삐치긴 무슨. 아니에요."

"기분 풀어요. 놀리려고 한 말 아니에요."

"그럼 도대체 무슨 의도로 한 말인지 모르겠네요. 어쨌든 진짜 가볼게요.
메리 크리스마스."

그리고 창문을 닫았다.

밖에서 이반이 웃는 소리와 "메리 크리스마스."라고 말하는 게 들렸다.

"어린이는 무슨… 다 컸는데."

혼자 중얼거리다 잠들었다.

잠에서 깨보니 옆에 블레이크가 누워있었다.

"으악!"

깜짝 놀라 비명을 지르며 일어났다.

"어이쿠, 놀랐나 보네. 놀라게 할 생각은 없었는데."

"당신은 자다 일어났는데 옆에서 누가 빤히 쳐다보고 있으면 안 놀라겠어요?"

"그게 너라면 좋을 것 같은데. 바로 키스해버릴걸."

"당신이 저한테 고백할 때부터 느낀 건데, 당신 미친 것 같아요."

"나 멀쩡해."

"아뇨, 멀쩡하지 않아요."

"너한테 미치긴 했…."

"한 마디만 더하면 가만두지 않을 거예요."

"아가씨가 원한다면 그렇게 해드리죠."

"그래서, 왜 왔는데요?"

"이유가 있나. 내가 내 여자친구 얼굴 보러 오는 건데"

얼굴이 달아오르는 게 느껴졌다.

"얼굴 또 빨개진다."

"당신 때문이거든요?"

"알아."

그를 한 번 흘겨보고 다시 누웠다.

"사실 선물 주려고 왔어."

"선물이요?"

"응, 크리스마스잖아."

"뱀파이어가 왜 굳이 크리스마스를 챙겨요?"

"너니까."

"내 얼굴 빨개지는 걸 보려고 온 거예요?"

"그런 이유가 아예 없지는 않아."

"이반도 선물 주고 갔는데. 이러면 미안하잖아요."

"왜 미안해?"

"난 아무것도 준비 안 했는데 받기만 하니까요."

"갇혀만 있는데 준비를 안 한 게 아니라 못 한 거지."

"그렇긴 하지만…."

"착해 빠져서는 항상 전부 네 탓으로 돌리지."

"어쨌든 부담스럽다고요."

"부담스러워하지 마. 큰 선물 아니니까."

"거짓말이면 가만 안 돼요."

"알겠으니까 눈 감고 손 내밀어 봐."

나는 손을 내밀고 눈을 감았다.

뭔가 부드러운 게 손 위와 입술에 닿는 게 느껴졌다.

뭐지 싶어 조심스럽게 눈을 떠보니 블레이크가 내 손을 잡은 채 입을 맞추고 있었다.

바로 눈앞에 블레이크의 감고 있는 눈이 보였다.

얼굴이 뜨거워지는 게 느껴졌지만, 이대로 그를 밀치면 그가 또 놀릴 것 같았다.

그래서 좀 진정할 때까지 가만히 있기로 했다.

그런데 난 절대 진정할 것 같지 않았다.

심장은 쿵쾅쿵쾅 뛰고 목까지 새빨개진 게 느껴졌다.

'어떻게 하지…?'를 속으로 얼마나 중얼거렸는지 모르겠다.

내가 왜 그랬는지는 모르겠다.

그냥 무의식적으로 그랬던 것 같다.

나는 그의 어깨를 밀어 그를 눕혔다.

자연스럽게 입술이 떨어졌고, 블레이크는 약간 놀란 것 같았다.

그리고 난 그의 가슴에 손을 올리고 살짝 기댔다.

"너 얼굴 완전 빨개. 목까지 빨개졌어."

"알아요."

그리고 블레이크의 입술에 입을 맞췄다.

곧 입술을 떼고 그의 가슴에 얼굴을 파묻었다.

"내 예쁜 여자친구 얼굴 좀 보자."

"안 돼요. 지금 얼굴이 너무 화끈거려요."

"얼마나 빨갛길래 그 예쁜 얼굴도 가려?"

"지금 너무 더워요. 당신이 계속 그런 말을 하면 더 새빨개질지도 몰라요. 그러니까 그만 해요."

"그럼 더 해야겠네."

나는 얼굴을 계속 숙인 채 주먹으로 그를 살짝 쳤다.

"괜찮아지면 말해. 난 조금이라도 더 빨리 네 얼굴 보고 싶어."

블레이크는 웃더니 내 머리를 쓰다듬었다.

"도저히 괜찮아질 기미가 안 보여요."

"너무 설레나 봐."

"네, 너무 설레요."

"지금 네 심장이 뛰는 게 느껴져. 인간 심장 소리를 듣는 게 얼마 만인지 모르겠네."

"얼마나 설레는지 이제 알겠어요?"

"잘 알겠으니까 얼굴 좀 들어 봐."

그가 살짝 일어났고, 그 때문에 어쩔 수 없이 일어날 수밖에 없었다.

블레이크는 내 머리를 정리해주고 내 뺨을 감쌌다.

"진짜 빨갛네."

"너무 잘생긴 내 남자친구 때문에요."

"내 손 차가우니까 괜찮아질 거야."

"그리고 내 뺨은 뜨겁고요."

"그래, 엄청 뜨겁긴 해."

나는 그에게서 떨어지고 옆에 누웠다.

"선물은 마음에 드셨나요, 아가씨?"

"아주 마음에 들었어요, 신사분."

"이반이 뭘 선물했는지는 모르겠지만, 그것보다 더 마음에 들었으면 좋겠네."

"브로치 선물해줬어요. 예쁜 거."

"지금 네가 달고 있는 그거?"

"네, 예쁘죠?"

"네가 더 예뻐."

"내 얼굴 또 빨개지는 거 보고 싶은 건가."

"보고 싶긴 한데 네가 또 얼굴을 가릴까 봐."

"그럼 하지 말아야죠."

"아쉽지만, 어쩔 수 없지."

그리고 정적이 흘렀다.

그냥 아무 말 없이 누워있었다.

"넌 제일 좋아하는 꽃이 있어?"

그때 갑자기 블레이크가 물었다.

"갑자기요?"

"그냥, 세상에서 가장 예쁜 꽃은 무슨 꽃을 좋아할까 싶어서."

"이쯤 되면 그만할 때 되지 않았어요?"

"아직 부족하지."

그가 웃으며 말했다.

"그래서, 좋아하는 꽃 있어?"

"저는… 카사블랑카가 제일 좋아요."

"흠… 그래?"

"당신은요?"

"리시안셔스."

"리시안셔스 꽃 예쁘긴 하죠."

"네가 더 예쁘…"

"그만."

"알겠어."

블레이크가 웃으며 말했다.

"이제 가봐야겠다."

"네, 얼른 가요."

"붙잡지도 않아? 좀 섭섭한데."

"얼른 나가기나 해요."

"갈게."

블레이크는 내 이마에 가볍게 입을 맞추고 나갔다.

그리고 난 다시 행복한 크리스마스 분위기를 즐기기 위해 다시 창가에 앉아 캐롤을 흥얼거렸다.

이반이 선물한 브로치를 만지작거리며.

전까지는 크리스마스를 챙기지 않거나 혼자 외롭게 보냈다.

하지만 올해는 조금 달랐다.

소중한 사람들이 내 곁에 있어 줬고 행복했다.

창가에 앉아 작고 예쁜 브로치를 만지작거리며 캐롤을 부르는 것만으로도 즐거웠다.

이 생활이 오래갔으면 좋겠다고 생각했다.

오늘이 크리스마스라는 걸 뒤늦게 깨달았다.

아일라에게 줄 선물을 준비하진 못했지만, 그녀의 방으로 갔다.

아일라는 잠들어있었고, 그 모습이 너무 예뻤다.

그녀의 옆에 누워 그 얼굴을 지켜봤다.

뱀파이어가 아니지만 뱀파이어만큼이나 하얀 피부와 선홍색 입술이 예뻤다.

그러다 아일라의 눈이 조금씩 떠졌다.

"으악!"

아일라는 날 보자마자 비명을 지르더니 일어났다.

"아이쿠, 놀랐나 보네. 놀라게 할 생각은 없었는데."

나도 똑같이 일어나며 말했다.

"당신은 자다 일어났는데 옆에서 누가 빤히 쳐다보고 있으면 안 놀라겠어요?"

"그게 너라면 좋을 것 같은데. 바로 키스해버릴걸."

"당신이 저한테 고백할 때부터 느낀 건데, 당신 미친 것 같아요."

"나 멀쩡해."

"아뇨, 멀쩡하지 않아요."

"너한테 미치긴 했…"

"한 마디만 더하면 가만두지 않을 거예요."

"아가씨가 원한다면 그렇게 해드리죠."

"그래서, 왜 왔는데요?"

"이유가 있나. 내가 내 여자친구 얼굴 보러 오는 건데"

아일라의 얼굴이 점점 빨개졌다.

"얼굴 또 빨개진다."

"당신 때문이거든요?"

"알아."

아일라는 나를 째려보고 다시 누웠다.

"사실 선물 주려고 왔어."

"선물이요?"

"응, 크리스마스잖아."

"뱀파이어가 왜 굳이 크리스마스를 챙겨요?"

"너니까."

"내 얼굴 빨개지는 걸 보려고 온 거예요?"

"그런 이유가 아예 없지는 않아."

"이반도 선물 주고 갔는데. 이러면 미안하잖아요."

"왜 미안해?"

"난 아무것도 준비 안 했는데 받기만 하니까요."

"갇혀만 있는데 준비를 안 한 게 아니라 못 한 거지."

"그렇긴 하지만…."

"착해 빠져서는 항상 전부 네 탓으로 돌리지."

"어쨌든 부담스럽다고요."

"부담스러워하지 마. 큰 선물 아니니까."

"큰 선물이면 가만 안 둬요."

"알겠으니까 눈 감고 손 내밀어 봐."

아일라는 눈을 감고 손을 내밀었다.

나는 아일라가 내민 손을 잡고 그녀의 입술에 입을 맞췄다.

한참을 그 자세로 있었는데, 아일라가 나를 살짝 밀쳤다.

나는 자연스럽게 침대에 눕는 자세가 되었다.

그리고 아일라는 내 위에 기댔다.

"너 얼굴 완전 빨개. 목까지 빨개졌어."

"알아요."

목소리를 들으니 그냥 무의식적으로 한 행동인 것 같았다.

아일라는 내게 입을 맞췄다.

곧 입술을 떼고 내게 얼굴을 파묻었다.

"우리 예쁜 여자친구 얼굴 좀 보자."

"안 돼요. 지금 너무 빨개요."

"얼마나 빨갛길래 그 예쁜 얼굴도 가려?"

"지금 너무 더워요. 당신이 계속 그런 말을 하면 더 새빨개질지도 몰라요. 그러니까 그만 해요."

"그럼 더 해야겠네."

아일라는 주먹으로 나를 약하게 쳤다.

"괜찮아지면 말해. 난 조금이라도 더 빨리 네 얼굴 보고 싶어."

나는 웃고 아일라의 머리를 쓰다듬었다.

"도저히 괜찮아질 기미가 안 보여요."

"너무 설레나 봐."

"네, 너무 설레요."

"지금 네 심장이 뛰는 게 느껴져."

"얼마나 설레는지 이제 알겠어요?"

"잘 알겠으니까 얼굴 좀 들어 봐."

나는 살짝 일어났고, 아일라는 일어날 수밖에 없었다.

그리고 난 아일라의 머리카락을 정리해주고 뺨을 감쌌다.

그러자 아일라의 볼살이 입 쪽으로 모였고 그게 너무 귀여웠다.

"진짜 빨갛네."

"너무 잘생긴 내 남자친구 때문에요."

"내 손 차가우니까 괜찮아질 거야."

"그리고 내 뺨은 뜨겁고요."

"그래, 엄청 뜨겁긴 해."

아일라는 내 손을 떼고 옆에 누웠다.

"선물은 마음에 드셨나요, 아가씨?"

"아주 마음에 들었어요, 신사분."

"이반이 뭘 선물했는지는 모르겠지만, 그것보다 더 마음에 들었으면 좋겠네."

"브로치 선물해줬어요. 예쁜 거."

"지금 네가 달고 있는 그거?"

"네, 예쁘죠?"

"네가 더 예뻐."

"내 얼굴 또 빨개지는 거 보고 싶은 건가."

"보고 싶긴 한데 네가 또 얼굴을 가릴까 봐."

"그럼 하지 말아야죠."

"아쉽지만, 어쩔 수 없지."

그리고 아무 말도 없었다.

"넌 제일 좋아하는 꽃이 있어?"

그냥 갑자기 궁금해졌다.

"갑자기요?"

"그냥, 세상에서 가장 예쁜 꽃은 무슨 꽃을 좋아할까 싶어서."

"이쯤 되면 그만할 때 되지 않았어요?"

"아직 부족하지."

나는 웃으며 말했다.

"그래서, 좋아하는 꽃 있어?"

"저는… 카사블랑카가 제일 좋아요."

"흠… 그래?"

"당신은요?"

"리시안셔스."

"리시안셔스 꽃 예쁘긴 하죠."

"네가 더 예…."

"그만."

"알겠어."

나는 웃고 일어났다.

"이제 가봐야겠다."

"네, 얼른 가요."

"붙잡지도 않아? 좀 섭섭한데."

"얼른 나가기나 해요."

"갈게."

나는 아일라의 이마에 가볍게 입을 맞추고 밖으로 나갔다.

이반

크리스마스.

원래는 신경도 쓰지 않지만, 오늘은 달랐다.

전에 샀지만 못 줬던 브로치를 서투르게 포장해서 아일라의 방으로 갔다.

아일라는 창가에 앉아 밖을 구경하고 있었다.

나는 그녀에게 선물을 건넸다.

"이게… 뭐예요?"

"메리 크리스마스, 아일라."

"설마… 크리스마스 선물이에요?"

"네."

뱀파이어가 크리스마스를 챙기는 것보다 우스울 건 없다고 생각했는데 좀 당황스러웠다.

"뱀파이어가 크리스마스를 챙겨요?"

"올해는 다르죠. 당신과 함께 챙기는 크리스마스잖아요."

"어…, 그게…."

아일라는 좀 당황한 것 같았다.

"마음에 안 들어요? 내가 선물을 줘서?"

"아뇨, 아뇨. 그런 게 아니에요. 고마워요."

내 반응 때문인지 아일라는 더 당황한 것 같았다.

"그럼 왜 그래요?"

"어…, 뱀파이어가 크리스마스를 챙기길래요."

"좀 우스운 일이긴 하죠?"

"아, 뭐… 상관은 없죠."

"그럼 얼른 열어봐요."

아일라는 리본을 풀었다.

그리고 그녀는 상자 안의 브로치를 집어 들었다.

"우와…예뻐요."

"마음에 든 것 같아 다행이네요."

"어디서 구했어요?"

"예전에 우리 시장 갔을 때 샀는데 그… 일 때문에 못 줬거든요."

"아…."

나는 아일라에게 브로치를 달아줬다.

"어울려요."

"아닐걸요? 워낙 예뻐서 나랑은 안 어울릴 거에요."

"어울리는데요. 당신도 예뻐요."

"그렇다면 고맙고요."

아일라는 브로치를 만졌다.

"미안해요. 이런 선물은 예상 못 해서 아무것도 준비 못 했네요."

"뭔가를 원해서 준 것도 아닌데요, 뭘. 그냥 당신이 그걸 달고 있는 걸 보고 싶었어요."

"나갈래요?"

"밖으로요?"

"네, 오늘 눈이 와서 그런지 햇빛이 없어요. 블레이크도 멀쩡하더라고요."

"당신이 원한다면야."

아일라는 창문을 열고 밖으로 나갔고 나도 그녀를 따라 나갔다.

"뭐 하고 싶은 거라도 있어요?"

"아뇨. 그냥 당신이랑 산책이라도 하고 싶어서요."

"언제든 원한다면 불러요. 같이 산책해줄게요."

그리고 걸어갔다.

뒤에서 아일라의 목소리가 들렸고 나는 뒤돌았다.

"생각보다 발이 크네요."

"응?"

"발자국이 크길래요."

"당신이 작은 거예요."

"나 그렇게 작진 않거든요?"

"그럼 이리 와봐요."

나는 손을 뻗었고, 아일라가 그 손을 잡았다.

"여기 서봐요."

나는 내 앞의 바닥을 가리켰고 아일라는 그곳에 섰다.

그리고 난 그 옆에 섰다.

"자, 이제 옆으로 나와요."

아일라와 난 동시에 옆으로 비켰고, 발자국이 있었다.

"당신이 훨씬 작잖아요."

"아빠랑 딸이라도 해도 믿겠는데요."

아일라는 쭈그려 앉았다.

"그렇게 말하니까 내가 너무 늙은 것 같은데요."

"당신이 나보다 나이 많은 건 사실이잖아요."

"그렇긴 하죠."

그때 갑자기 아일라가 앞으로 갔다.

아일라는 일어났고, 그녀의 손에는 보라색 꽃이 들려있었다.

"눈이 내렸는데도 예쁘게 폈네요."

아일라는 벤치에 앉으며 말했다.

나도 아일라의 옆에 앉았다.

"그러게요, 정말 예쁘네요."

하지만 내 시선은 꽃이 아닌 아일라에게 향했다.

꽃을 보며 미소 짓는 아일라가 너무 예뻤다.

"추웠을 텐데 잘 버텼나 보죠."

"당신도 힘든 일이 있으면 포기하지 마요. 결과는 이 꽃처럼 예쁠 거예요."

"이 꽃이라도 줄까요? 크리스마스 선물로."

"고맙네요."

나는 한 번 웃고 꽃을 받았다.

그리고 둘 다 하늘을 쳐다봤다.

곧, 난 물었다.

"안 추워요?"

"조금?"

"그렇게 얇게 입고 다니다가 얼어 죽어요."

"안 죽어요. 겨우 이 정도로 죽는 사람이 어딨어요."

"연약한 당신이라면 그럴 수도 있죠."

"나 전혀 연약하지 않아요. 힘도 센데?"

"네, 그래요."

"믿는 척이라도 해주면 안 돼요?"

아일라는 나를 흘겨봤고, 나는 웃었다.

"믿어요, 믿어."

"진짜 너무하네."

나는 코트를 벗어 아일라의 어깨에 둘러줬다.

"나 괜찮아요."

"뱀파이어는 적어도 얼어 죽을 일은 없어서요. 당신이 죽기 전에 제가 잘 보살펴야죠."

"내가 아주 어린 아기라도 되는 것처럼 말하는데, 죽을 것 같을 땐 내가 제일 잘 알아요."

"뱀파이어 입장에서 당신은, 아주 어린 아기 맞아요."

"하필 인간이 아니라 할 말이 없네요."

"근데 적어도 대화는 가능하니까 그냥 어린이라고 해두죠."

"청소년이라 하는 건 어때요?"

"제 입장에서 당신이 청소년이 되려면 적어도 50살은 넘어야 해요."

"그래요, 어린이 합시다."

"그럼, 아가야, 진짜 감기 걸리기 전에 들어갈까?"

아일라 쪽으로 얼굴을 들이밀며 말했다.

"어린이라고 하겠다더니?"

"마음이 바뀌었어요."

"그럼 뭐 울어야 하나?"

"그럴 필요는 없어요. 원한다면 그래도 되지만."

"원하지 않아요."

"그럼 들어가죠."

아일라는 다시 창문을 넘어 방으로 들어갔다.

그리고 난 들어가지 않았다.

"그럼 어린이는 이만 들어가볼게요."

아일라는 내 농담에 속상했던 것 같다.

이런 것에 삐치는 게 너무 귀여웠다.

"삐쳤어요?"

"삐치긴 무슨. 아니에요."

"기분 풀어요. 놀리려고 한 말 아니에요."

"그럼 도대체 무슨 의도로 한 말인지 모르겠네요. 어쨌든 진짜 가볼게요.
메리 크리스마스."

그리고 아일라는 창문을 닫았다.

나는 웃고 "메리 크리스마스."라고 중얼거렸다.

그리고 방으로 들어가 책상 가장 잘 보이는 곳에 아일라가 준, 그녀만큼 예쁜 꽃을 뒀다.

턱을 괴고 미소를 지으며 그 꽃을 바라봤다.

Isla Walker

아일라 워커

6. 마지막

6. 마지막

크리스마스.

마지막으로 행복했던 날.

그날 후로 별다른 특별한 일은 없었다.

방 안에만 갇혀있다, 블레이크나 이반이 찾아오고, 이야기를 나누다 돌아가는 것이 반복.

좀 달라진 게 있다면 블레이크에게 차갑게 대한다는 것일까.

그도 그걸 눈치챈 건지 전처럼 자주 찾아오진 않았다.

전에 그와 식사를 한 후 매일 음식을 가져다주러 직접 왔지만, 요즘엔 그것도 이반으로 바뀌었다.

그는 나를 배려하는 것일 것이다.

내가 기분 나쁜 일이 있거나 요즘 좀 우울하다 생각하고 잘 찾아오지 않은 거겠지.

그래서인지 그의 얼굴을 본 것도 언제인지 까마득하다.

점점 웃는 일이 점점 사라지고 모든 것에 의욕을 잃었다.

이반이 갖다준 음식을 무시한 채 침대에만 앉아 있는 게 이제 일상이 되었다.

전까지만 해도 따뜻했는데, 갑자기 변한 나 때문이겠지.

다시 우리가 만난 지 얼마 안 됐을 때로 돌아간 것 같았다.

그리고 간만에 블레이크를 만나보기로 했다.

그의 방 앞에서 노크를 하자 방 안에서 목소리가 들렸다.

"들어와."

그리고 싸늘한 그의 목소리가 들렸다.

내가 들어가자 어두웠던 그의 얼굴이 환해졌다.

"아일라, 요즘 무슨 일 있어? 걱정했잖…"

그가 나를 안으려 팔을 뻗자 한 걸음 뒤로 물러났다.

"할 말이 있어서 왔어요. 계속 숨기기엔 미안해서."

심각한 말투로 말하자 그의 표정이 살짝 굳었다.

"말해봐."

"난 당신을 사랑한 적 없어요."

"…뭐?"

"내가 여기 온 것도, 당신을 사랑한 척한 것도 다 의도된 것이었어요."

그는 아무 말 없이 나를 쳐다봤고, 나는 그를 쳐다보지 않고 계속 말했다.

"뱀파이어가 있다는 말을 듣고 마을 사람들이 날 보내기로 결정했고 난 당신을 죽이러 온 거예요."

이제 목소리가 살짝 떨리기 시작했지만, 신경 쓰지 않고 말을 이었다.

"이반에게 납치당한 것, 두려워했던 것, 당신을 사랑했던 것까지 전부 다 연기였다고요."

"거짓말…."

"거짓말 아니에요. 미안해요."

"그걸 나한테 왜 말하는 건데."

목소리가 차가웠다.

그에게서 들어본 말투 중 가장 차가운 말투였다.

"미안해요. 당신이 나에게 너무 잘해줬으니까요. 어차피 이제 난 당신을 죽이는 건 못해요."

결국, 눈물이 툭 떨어졌다.

"죽여요."

아무 대답이 들리지 않았다.

"당신을 속였잖아요. 당신의 감정을 이용한 거잖아요. 그냥 죽이라고요."

그래도 아무 목소리도 들리지 않았다.

"분하지도 않아요? 내가 당신을 이용했는데? 모든 게 다 거짓이었는데?"

울면서 말했다.

"그냥 죽여요! 할 수 있잖아요. 인간 하나 죽이는 거 일도 아니잖아요."

"…나가."

그의 목소리가 갈라지는 게 느껴졌다.

그리고 그는 돌아섰다.

눈물을 흘리며 그를 쳐다보다가 돌아서서 나갔다.

문이 닫히자 방안에서 조용하게 그의 목소리가 들렸다.

"빌어먹을 인간들… 다 똑같아…."

방으로 돌아가는 길에 이반을 마주쳤다.

"아일라? 울어요? 왜 그래요?"

나는 그를 무시하고 눈물을 닦으며 지나갔다.

방에 도착했고 난 침대에 앉아 계속 울고 있었다.

그때 갑자기 문이 열렸고, 이반인 줄 알았지만 그건 디아즈였다.

서둘러 눈물을 닦고 그를 쳐다봤다.

"왜 울어. 예쁜 얼굴 엉망 된다."

"닥치고 나가. 너 상대할 기분 아니야."

"미안해서 어쩌나. 난 지금 닥치고 나갈 수가 없는 입장인데."

디아즈는 나에게 다가왔다.

"나랑 갈 데가 있거든."

그를 쳐다보고 있을 때 누군가 문을 박차고 들어왔다.

이반이었다.

"오랜만이네?"

디아즈가 내 손목을 잡으며 말했다.

"무슨 속셈이야."

그렇게 살벌한 이반의 표정은 본 적이 없었다.

"난 그냥 아일라와 소풍이나 다녀올까 하고."

이반이 앞으로 한 걸음 다가가자 디아즈가 내 손목을 더 세게 잡았다.

그게 아파서 얼굴을 살짝 찌푸렸다.

그때 갑자기 엄청난 어지러움과 함께 정신을 잃었다.

그리고 난 정신을 잃었다.

눈을 떴을 때 난 넓고 어두운 어딘가에 있었다.

6. 마지막 **223**

그리고 앞에서 디아즈가 날 보고 있었다.

"여기 어디야."

"흠… 그러게, 여기가 어딜까?"

일어나려고 했지만, 발목이 너무 아파 일어날 수가 없었다.

처음 겪어보는 고통이었다.

내가 얼굴을 찌푸리는 걸 보고 디아즈가 웃으며 말했다.

"미안해. 근데, 묶는 것보단 낫잖아?"

"미쳤군…, 뭘 원하는데?"

"내가 원하는 건 딱 하나밖에 없어. 블레이크의 패배를 보는 것."

"그래서?"

"그래서라니? 블레이크는 널 사랑하잖아. 다른 이유가 있겠어?"

"난 인질이라는 말이지?"

"그렇지. 넌 어릴 때부터 똑똑했어."

"그 어릴 때 너와 대화를 했다는 것마저도 후회해."

"너무 그러진 마. 그때는 나도 순수했다고? 널 진정한 친구로 생각했던 순수한 어린 폴 디아즈."

"내 인생에서 친구란 없었어. 너도 내 친구가 아니었고."

"꽤 친했던 걸로 기억하는데."

"너 혼자지. 너도 알다시피 난 아버지한테 맞기 싫어서 널 이용했어."

"어쨌든 너랑 친했잖아."

"말이 안 통하는군."

"곧 네 친구들이 올 거야. 그러니까 맞을 준비를 해야지?"

그러고는 디아즈가 내게 다가와 날 일으키려 팔을 잡아당겼다.

"으윽…."

일어나는 동시에 발목에 통증이 느껴졌다.

"아, 맞다. 미안."

디아즈는 날 다시 앉히고 발목을 손으로 감쌌다.

그러자 통증이 사라졌다.

어느새 디아즈의 손에는 칼이 들려있었고, 나는 그걸 보고 움찔했다.

"걱정 마. 난 널 죽일 생각 없어. 내가 말했던 대로 우리는 '친구'잖아?"

친구라는 단어를 강조해서 말하는 게 왜인지 더 짜증 났다.

"그리고 넌 그냥 인질일 뿐이야. 먹잇감이 아니라고."

갑자기 앞에서 이반과 블레이크가 보였다.

순간이동한 것 같았다.

그들을 보자마자 디아즈는 뒤에서 내 목을 끌어안더니 내 목에 칼을 겨눴다.

이반은 그걸 보고 흠칫했고, 블레이크는 팔짱을 낀 채 그냥 째려보기만 했다.

디아즈가 아닌 나를.

"뭘 원하는데."

이반이 조용하지만 다 들리게 말했다.

"무릎을 꿇는다면 패배가 맞겠지? 어디 한 번 친구를 살려달라고 빌어 보라고."

그리고 디아즈는 내 등 뒤에서 웃었다.

"그냥 죽여."

그때 블레이크가 말했다.

여전히 날 째려본 채로.

"블레이크."

이반이 블레이크를 불렀다.

"한낱 인간일 뿐이잖아. 그깟 인간을 위해 우리가 무릎까지 꿇어야 해?"

"내가 아일라를 못 죽일 거라고 생각 하나 봐?"

디아즈는 그렇게 말하고 칼을 더 들이밀었다.

칼은 내 목에 스쳤고 피가 흘렀다.

"미안해, 아가씨?"

디아즈가 내 귓가에 대고 속삭였다.

그리고 소름 끼치게 낄낄댔다.

보통이라면 잘생긴 사람이 그렇게 웃는 게 멋지다고 생각할 수 있겠지만, 나는 달랐다.

멋지든 말든 소름 끼치고 역겨웠다.

이반은 내 피를 보고 눈이 커졌다.

그리고 뭔가 고민하는 듯했다.

"고민하지 마. 그냥 죽이라 그래."

"블레이크, 너 왜 그래."

둘이 대화하는 소리가 들렸다.

이반은 나를 슬픈 눈빛으로 쳐다봤다.

"그렇게 죽고 싶으면 너 혼자 죽어. 나까지 끌어들이지 말고."

블레이크는 차갑게 말하고 돌아섰다.

그리고 이반은 점점 무릎을 구부렸다.

나는 그걸 보고 디아즈의 손을 잡아 그 칼로 나 자신을 찔렀다.

이반이 무릎을 꿇는 것이 단순한 자존심 문제가 아니라 항복의 의미라는 걸 누구보다 잘 알았기에.

정확히 심장을 찔러 빨리 죽기 위해 온 힘을 다해 찔렀다.

엄청난 고통이었다.

나는 그 칼을 다시 뽑았고 피가 잔뜩 묻은 칼이 바닥으로 떨어졌다.

디아즈는 놀란 건지, 당황한 건지, 아니면 둘 다인지 내 손을 놓고 뒤로 물러났다.

기대고 있던 디아즈가 뒤로 물러나자 쓰러졌고, 이반이 내 이름을 중얼거리며 달려와 나를 잡았다.

그러자 블레이크도 뒤를 돌아봤고 그는 놀란 것 같았다.

"아일라, 괜찮아…, 괜찮을 거예요…, 괜찮아. 이 정도 상처는 치료할 수 있어…."

이반은 그러면서 내 상처로 얼굴을 가까이 다가왔다.

나는 상처에 올리고 있던 손으로 그의 입을 막았다.

손을 떼자 그의 입 주변에 피가 묻어있는 게 보였다.

"아일라…, 제발…, 제발요…."

이반이 눈물을 흘리며 중얼거렸다.

"그만 해요."

이반에게만 들릴 정도의 목소리로 말했다.

그리고 억지로 입꼬리를 올려 웃었다.

그가 기억하는 내 마지막 모습이 웃는 것이었으면 좋겠다.

하지만 내가 기억할 그의 마지막 모습은 우는 것이었다.

더 크게 말하고 싶어도 하지 못했다.

몸에 힘이 빠지고 그 때문에 고개가 앞을 향했다.

블레이크는 나를 보며 가만히 서 있었다.

그에게 하고 싶은 말이 많았다.

하지만 목소리가 나오지 않았다.

'미안해요.'

그 한마디라도 하고 싶었다.

입을 끔뻑거리며 말하려 했지만, 실패했다.

'사랑했어요.'

블레이크를 보며 이 말을 마음속으로 중얼거렸다.

그리고 서서히 눈이 감겼다.

블레이크

아일라가 죽었다.

가장 아름다운 꽃이 졌다.

이반은 눈을 감고 있는 그녀를 보며 울고 있었고, 디아즈는 충격인지 그냥 서 있었다.

아일라의 피가 옷을 빨갛게 만들었다.

나는 분명히 그녀를 아직 사랑하는데, 피 냄새에 반응하지 않았다.

이반도 마찬가지인 것 같았다.

올 때는 이반이 억지로 끌고 왔고, 그 때문에 사랑하는 사람의 죽음을 눈 앞에서 봤다.

차라리 그녀의 죽음을 소식으로 들었으면 어땠을까.

아일라에게서 생명이라는 게 사라지는 걸 내 눈으로 봤다.

그리고 난 그녀가 입 모양으로 '미안해요'를 말하는 걸 똑똑히 보았다.

뒷걸음질 치다 집으로 순간이동했다.

그 상황에서 더는 있을 수 없었다.

아일라가 죽었다.

내게 사랑과 상처를 준 그녀가 죽었다.

눈물이 흘렀다.

아일라 덕분에, 미치도록 사랑했던 그녀 덕분에 처음으로 사랑이란 감정 을 느꼈다.

한참을 책상에 손을 올려 기댄 채 울었다.

이반

아일라가 죽었다.

예쁘고 순수했던 그런 아일라가 죽었다.

나는 아일라의 피 냄새에 반응하지 않았다.

배고프다는 것보단 슬픔이 더 컸다.

그녀가 날 사랑하지 않았다는 사실은 이미 알고 있었다.

그럼에도 포기하기 힘들었다.

블레이크와 아일라가 키스하고, 껴안는 게 가끔씩 보일 때마다 가슴이 아파왔다.

그래도 포기하기 힘들었다.

사랑의 기쁨과 슬픔을 모두 알려줬던, 아일라 워커가 죽었다.

블레이크는 돌아갔고, 디아즈는 어떤지 잘 모르겠다.

나 혼자 사랑했던 사람의 시체를 묻어줬다.

그렇게 아름다웠던 아일라였지만, 무덤만큼은 초라하기 짝이 없었다.

한참을 그녀의 무덤 앞에서 울었다.

Isla Walker
아일라 워커

7. 편지

7. 편지

다시 아일라가 이 집에 오기 전으로 돌아간 것 같았다.

집 안 분위기는 싸하고 고요했다.

아직까지도 아일라의 방으로 들어가면 그녀가 예쁜 미소로 반겨줄 것 같았다.

매일을 울었다.

울고 또 울었다.

그녀가 죽었다는 게 믿기지 않아서, 영영 볼 수 없다는 게 실감 나지 않아서.

그러다 한 책이 눈에 띄었다.

내가 가장 좋아하는 책이라고 했던 그 책.

왜인지 모르겠지만, 저절로 손이 갔다.

그 책을 펼치자 뭔가가 바닥으로 툭 떨어졌다.

그걸 주워 펴보니 그건 그토록 그리운 사람이 직접 쓴 편지였다.

안녕, 내 사랑.

보통 소설 같은 곳에서 이런 편지는 그 말로 시작하죠.

"이 편지를 읽을 때쯤 난 당신 곁에 없겠죠."

난 그 말이 참 뻔하다고 생각했는데 실제로 그 상황에 와보니 그 말 말고 쓸 말이 없는 걸 알았어요.

실제로 말하다간 엄청나게 울 것 같아서 편지로 말할게요.

이 편지를 쓰는 지금은 아직 말하지 않았지만, 곧 말할 내용이 있어요.

난 당신을 사랑한 적 없다는 말, 전부 다 거짓이고 연기라는 말.

그 말을 할 때 당신이 화나서 날 죽였으면 좋겠네요.

내 끝이 당신에 의한 것이었다면 좋을 텐데.

날 미워해줘요.

이 편지를 영영 발견하지 말고 계속 날 끔찍한, 악마 같은 여자로 생각해줘요.

그걸 바랄게요.

하지만 이 편지에서라도 털어놓지 않는다면 정말 힘들 것 같았어요.

그래서 어쩔 수 없어요.

내가 싫어진다면 내가 생각날 만한 것들도 다 싫어하겠죠?

나와 당신이 이 편지를 발견하지 않길 바라며 나와 관련 있는 물건 중 하나에 둬야겠네요

내가 할 말을 듣고 슬퍼할 당신을 생각하면 마음이 찢어지게 아프지만 어쩔 수 없겠죠?

그 말, 반은 진실이지만 반은 거짓이에요.

일단 내가 당신을 죽이러 왔다는 건 사실이에요.

내가 납치당한 것도 원래는 계획 중 일부였어요.

그런데 당신과 이반은 소문보다 훨씬 따뜻하고 좋은 성격이었어요.

점점 정이 들었고, 점점 당신이 좋아졌어요.

어찌 보면 난 당신을 죽이러 왔으니 그 말이 진실이겠지만, 난 당신을 사랑했어요.

그러니까 완전한 진실은 아니에요.

내가 곧 죽을 거, 나 알고 있었어요.

누가 죽일지는 모르겠지만, 어쨌든 난 죽을 거예요.

자살을 하든, 살해 당하든.

내가 당신에게 거짓말을 하는 이유, 당신을 사랑해서예요.

모든 사실을 다 알고 내가 죽는다면 당신은 슬퍼할 게 뻔하잖아요?

내가 나쁜 사람이 되어 거짓말을 한 후 내가 죽으면 당신이 날 미워할 테니까.

그래서 거짓말을 할 거예요.

이 편지를 읽는다면 모든 것을 다 알게 되겠지만, 그전까지는 날 미워해요.

당신에게 말한 모든 것이 다 거짓이었지만, 몇 개는 진실이었어요.

아버지에게 맞다가 엄마를 데리고 탈출했다는 말, 자살 시도를 했다 실패했다는 말, 사랑한다는 말.

이 세 가지는 맹세코 절대 거짓이 아니었어요.

얘기를 안 한 게 있긴 하지만요.

엄마를 데리고 나와 그녀를 시골의 한 집으로 데려갔어요.

그리고… 그녀의 기억을 지웠어요.

결혼한 적이 없고 딸도 없는 사람으로 만들었어요.

난 이반에게 인간이 마법을 쓴다면 어떨까라는 질문을 한 적 있어요.

그게 내 얘기였고요.

엄마는 지금 어떻게 살고 있는지 모르겠지만, 잘 지냈으면 좋겠다고 항상 생각해 왔어요.

기억이 없는, 새로운 엄마는 좋은 남자를 만나 행복하게 잘 살길 바랐어요.

엄마의 기억을 지울 때 엄청 울었어요.

엄마는 제가 왜 우는지 이해 못 했죠.

그대로 기억을 지우고 나왔어요.

내 불행한 어린 시절 이야기에서 이 말은 빠졌어요.

자살 시도를 했다는 말은 모든 게 진실이었으니 넘어갈게요.

그리고… 사랑한다는 말.

당신을 사랑했어요.

미치도록 사랑했어요.

내 인생은 망했으니 뱀파이어에게 죽임을 당하더라도 상관은 없었죠.

그런데 전 죽기는커녕 사랑에 빠졌네요.

당신을 사랑했다 하더라도 난 행복한 적 없었어요.

미안함과 죄책감만 가득했죠.

블레이크, 정말, 정말 많이 미안해요.

부족했지만 날 사랑해줘서 고마웠어요.

잠시라도 날 아껴줘서 고마웠어요.

내가 죽어도 혹시나 다시 심장에 말뚝을 박는 일은 없길 바랄게요.

난 기껏해야 인간일 뿐이잖아요.

그러니까 그냥 좋은 추억이었다 생각하고 너무 슬퍼하진 마요.

그리고 당신에게 하나 더 숨긴 사실이 있어요.

난 당신이 그렇게 싫어하던 헤이즐과 아는 사이에요.

나와 어릴 때의 불행이 비슷하고 당신의 정체를 까발린 그 여자요.

처음엔 진짜 헤이즐이 미친 줄 알았어요.

아빠에게 하도 맞아서 정신이 이상해진 줄 알았는데, 그 애가 저에게 도움을 청하더군요.

그 마을에서 해결하기 어려운 부탁은 거의 제가 해결했거든요.

'어차피 망한 인생, 더 망할 것도 없겠다.'라는 생각으로요.

헤이즐이 제발 살려달라고 했어요.

그땐 심심했던 터라 어디 한번 지껄여 봐라, 이렇게 생각하고 들어줬어요.

엄청나게 잘생긴 남자가 자길 납치했는데 알고 보니 그 남자는 뱀파이어였대요.

그 상황에서 죽어도 상관없지 않을까 생각했는데, 남자친구의 목소리가 들렸대요.

그냥 환청이었을 뿐인데 그 말에 살고 싶어졌대요.

그 환청이 "내 몫까지 잘 살아야지 이러려고 내가 널 구한 줄 알아?"라고 말했대요.

헤이즐의 남자친구는 헤이즐을 구하기 위해 대신 죽은 거거든요.

그걸 마을 사람 모두가 알고 있었고요.

그래서 가끔 음식도 챙겨줬는데 미친 여자로 낙인 찍힌 후 살기 힘들어졌대요.

그런데 난 그때 믿어주지 않았죠.

그걸 지금은 정말 후회해요.

내가 그때 그 말을 믿는 시늉이라도 했다면, 그녀의 끝은 조금이라도 덜 비참하지 않았을까요.

헤이즐은 버티고 버티다 자살했어요.

당신 말대로 헤이즐은 절대 행복해질 수 없었던 운명이었나 봐요.

그런데 그 뱀파이어 소문이 다시 퍼졌어요.

사람들은 헤이즐에게 미안함을 느끼고 두려워했어요.

그리고 날 보내기로 했어요.

뱀파이어를 죽여달라고 부탁했죠.

난 일부러 이반에게 납치당하려 노력했어요.

그건 성공했죠.

그리고 당신을 만난 거예요.

내가 그때 사람들의 부탁을 들어준 걸 후회해요.

그랬다면 당신을 만나지도 않았을 테고, 사랑에 빠지지도 않았을 텐데요.

그냥… 망한 인생으로 살았을 텐데.

당신을 기억할게요.

당신은 내 기억 속에 내 사랑, 날 사랑해준 남자, 날 아껴준 남자로 남을 거예요.

블레이크, 정말 사랑했고 정말 미안해요.

내가 조금만 더 행복한 인생을 살았더라면 당신과 행복하게 살 수 있었을까요?

내가 당신을 사랑했던 게 거짓이라고 말하면 당신이 날 죽여주면 좋겠어요.

사랑하는 사람의 손에 죽는 게 차라리 덜 비참하지 않을까요.

다음 생에는, 다음에도 만난다면, 그때는 세드 엔딩이 아닌 해피 엔딩을 꿈꿔야 겠네요.

그 엔딩을 맞을 때까지 당신을 사랑할게요.

사랑해요.

정말 사랑해요.

정말 진심으로 사랑해요, 블레이크.

말로 표현할 수 없을 만큼 사랑해요.

만약 모든 진실을 알게 되더라도 슬퍼하지 마요.

앞에서 말했던 것처럼 날 미워해줘요.

나는 슬프겠죠.

사랑하는 사람이 날 혐오한다면 정말 비참하겠죠.

하지만 당신이 슬퍼하는 것보단 나을 것 같아요.

당신이 슬퍼하는 걸 보느니 내가 슬프고 내가 아플래요.

좋은 이별이란 거, 결국 세상엔 없는 일이라는 걸 알았다면 차라리 옛날에 다 울어둘 걸 그랬어요.

우린 어울리지 않았나 봐요.

세상이 우리 사랑을 허락한다면, 그때 우리 마음 편히 사랑해요.

그때까지는 슬퍼하지 말고 날 잊어요.

그때까지는… 나 혼자 당신을 짝사랑할게요.

안녕, 내 사랑.

아일라가 쓴 긴 편지를 다 읽고 나서 눈물이 흘렀다.

조금만 더 일찍 알았으면 아일라를 구할 수 있었을까.

세상에서 가장 비참한 끝을 맞지 않게 하지 않았을까.

사랑하는 사람에게 버림받고 직접 자기 자신을 죽이는 상황에서 얼마나 힘들었을까.

미안하고 고맙고 그리웠다.

난 한 여자를 사랑했다.

악랄했지만 착했던 여자.

나에게 말한 모든 것 중 단 하나, 사랑한다는 말만 진실이었던 여자.

모든 것이 거짓이고 모든 것이 순수했던 여자.

그 여자를 진심으로 사랑했다.

집의 분위기는 바뀌지 않았다.

종일 울고, 울고, 또 우는 게 반복이었다.

사랑하지 말았어야 했다.

사랑해서 슬프고 사랑해서 그립다.

이렇게 빨리 헤어질 줄 알았더라면, 더 행복하게 해줄걸.

이렇게 없어질 줄 알았더라면, 아예 마음에 품지 말걸.

아일라, 내 사랑.

예쁘고 아름다웠던 아일라.

나를 바꾼 아일라.

사랑했어.

난 네 덕분에 사랑이라는 감정을 알았고, 기뻤고, 행복했어.

처음으로 웃고 울었어, 네 덕분에.

네가 기분이 좋으면 나도 기분이 좋았고 네가 슬프면 나도 슬펐어.

이제 매일을 울면서 지내는 것도 힘들어.

내가 점점 수척해지는 게 느껴져.

난 너와 있을 때 항상 이기적으로 굴었지.

이제 마지막으로, 딱 한 번만 더 이기적으로 굴어도 될까.

널 잊을게.

사랑했어.